Vous ˙ ˆ
d'un prix liț ?

C'est l'ave
les édi
Prix du Meilleur   ...u lecteurs de POINTS !

De janvier à octobre 2013, un jury composé de 40 lecteurs et de 20 professionnels recevra à domicile 9 romans policiers, thrillers et romans noirs récemment publiés par les éditions Points et votera pour élire le meilleur d'entre eux.

Les Lieux infidèles, **de l'auteur irlandaise Tana French, a remporté le prix en 2012.**

Pour rejoindre le jury, déposez votre candidature sur **www.prixdumeilleurpolar.com.** Les inscriptions sont ouvertes jusqu'au 10 mars 2013.

Le Prix du Meilleur Polar des lecteurs de POINTS, c'est un prix littéraire dont vous, lectrices et lecteurs, désignez le lauréat en toute liberté.

Plus d'information sur
www.prixdumeilleurpolar.com

Pascal Garnier, né en 1949 à Paris, est une figure marquante de la littérature française contemporaine, dans la lignée des Simenon, Hardellet, Bove ou Calet auxquels on l'a souvent affilié. Ayant élu domicile dans un petit village en Ardèche, il s'y consacrait à l'écriture et à la peinture. Il est décédé le 5 mars 2010.

Pascal Garnier

LA PLACE DU MORT

ROMAN

Zulma

TEXTE INTÉGRAL

ISBN 978-2-7578-3048-2

© Zulma, 2010

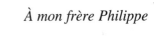

À mon frère Philippe

Les histoires d'amour finissent mal en géné...

Un index à l'ongle rongé coupe net la chanson des Rita Mitsouko. Ce brusque retour au silence fait mal. Les dix doigts se mettent à tambouriner sur le volant. Un son mat, un rythme monotone. On dirait de la pluie. Les cadrans du tableau de bord les éclairent en vert fluo. Aucune autre lumière à des kilomètres à la ronde. Pas une étoile, à peine un soupçon de clarté, là-bas, derrière les collines, la présence d'une ville lointaine. La main droite quitte le volant, caresse de sa paume le levier de vitesses. Le même geste qu'on fait pour flatter la tête d'un chien, d'un chat, la crosse d'une arme. C'est une bonne voiture, puissante, robuste, grise. Onze heures trente, ils ne devraient plus tarder. À force de fixer l'aiguille des secondes, celle-ci semble s'arrêter. Mais non, elle continue son petit bonhomme de chemin, obstinée ou résignée, comme un âne tournant la meule d'un moulin.

Et puis soudain, rasant la crête de la colline en face, un faisceau de phare, la nuit qui pâlit, qui recule... Contact. La main droite se crispe et enclenche une vitesse. La main gauche empoigne le volant. Le phare droit de la voiture qui dévale le versant opposé de la côte tire nettement vers le bas-côté de la route. Toutes lumières éteintes, la voiture grise se propulse en avant comme une bille de flipper. Ce sont eux : l'heure, le phare bigle. La nuit ferme les yeux.

Dans la forêt un renard vient d'égorger un lapin. Ses oreilles se dressent en entendant le crissement des pneus sur l'asphalte et le bruit de la tôle dans le ravin. Ça ne dure que quelques secondes. Le silence reprend possession des lieux. D'un coup de dents, il éventre le lapin et plonge son museau pointu dans les entrailles fumantes. Partout autour de lui, des milliers d'animaux, des plus grands aux plus petits, s'entre-bouffent ou se grimpent dessus sans autre but que de perpétuer le jeu.

– Tu manges tes légumes avec ta viande ?

– Euh… oui.

– Quand tu étais petit, tu faisais comme moi, d'abord la viande, après les légumes… On change.

Son père avait l'habitude de ponctuer ses phrases par des constats de ce genre : « On change… Quand faut y aller, faut y aller… C'est la vie… C'est comme ça… » Dans sa bouche, ça sonnait comme des sentences. On change… C'est vrai que le vieux avait pris un sacré coup en apprenant le décès de Charlotte, même s'il ne la voyait plus depuis près de trente-cinq ans. Il s'était tassé, affaissé sur sa base comme si on lui avait brusquement retiré un tabouret de sous les pieds. Il était devenu creux. Si on lui avait tapé dans le dos, il en serait sorti un son d'arbre mort et quelques chouettes. Fabien s'en était fait la remarque la semaine précédente, au téléphone, une sorte d'écho bizarre dans la voix de son père, comme un appel longue distance :

– Dis donc, il y a un vide-grenier à Ferranville dimanche prochain. Tu ne voudrais pas me donner un coup de main ? Tout un tas de vieux machins…

(Et puis, juste avant de raccrocher:) Au fait, Charlotte est morte.

Depuis qu'elle les avait quittés quand Fabien devait avoir cinq ans, on ne disait plus «maman» à la maison, mais Charlotte. Fabien n'avait jamais entendu son père en dire du mal, ni du bien, tout simplement parce qu'il n'en parlait pas. Comme Dreyfus, il l'avait dégradée et exilée dans un coin de mémoire aussi éloigné que l'île du Diable.

Le nez dans son assiette, du bout de sa fourchette, le vieux faisait des petits tas de carottes, de pommes de terre, de haricots, bien rangés, bien propres, tels qu'ils poussaient dans son potager.

– Ça n'a pas trop mal marché aujourd'hui, combien tu t'es fait?

– Je sais pas… Cinq cents, six cents francs. C'est surtout que ça débarrasse.

– Je ne savais pas que tu gardais tout ça là-haut.

– Tout ça quoi?

– Les affaires de Charlotte.

Le père haussa les épaules, se leva et alla vider son assiette à peine entamée dans la poubelle à compost. Fabien eut l'impression qu'il profitait de lui tourner le dos pour essuyer une larme. Il se mordit les lèvres. Il n'aurait pas dû évoquer Charlotte, mais depuis trois jours qu'il était ici, il avait attendu en vain que son père y fasse allusion. Comment se douter que depuis plus de trente ans le vieil homme nourrissait en lui le secret espoir de voir Charlotte rappliquer un beau jour pour venir chercher ses affaires ? Ses affaires… Les fantômes n'ont pas d'affaires, pas de chaussures en lézard, pas de sac à main rouge. C'est une toute jeune fille qui avait acheté les chaussures et le sac, le matin même à la brocante. Soixante-dix francs le tout. Son père n'avait pas marchandé. En rendant les trente francs sur le billet de cent, sa main ne tremblait pas. Il avait juste suivi la fille des yeux jusqu'à ce qu'elle disparaisse dans la foule et même un peu plus loin.

— Ton train est à quelle heure ?

— Dix-huit heures quelque chose.

— On a le temps. Je vais m'allonger un peu. J'ai mal aux reins. Laisse tout ça, je ferai la vaisselle ce soir.

— Mais non, ça ne me dérange pas, va te reposer.

Ça va vite à laver deux couverts. Dommage, il aurait bien fait la vaisselle jusqu'à son départ. Il n'aimait pas cette maison et cette maison ne l'avait jamais aimé. Son père l'avait achetée et s'y était installé en prenant sa retraite. Fabien s'y sentait comme dans une salle d'attente, ne savait jamais où poser ses fesses, tout était carré, anguleux, propre, fonctionnel. Faute de mieux, il se rassit sur la chaise qu'il avait occupée pendant le déjeuner. Son père sommeillait sur un de ces ignobles fauteuils qui vous font tout de suite penser à l'hôpital, à la mort, les lunettes sur le front, un livre ouvert sur le ventre, *Sauver sa peau en toutes circonstances*. Il n'avait toujours lu que ça, des livres de survie, survivre à la guerre, au froid, au chaud, à la pollution, aux épidémies, aux radiations atomiques, avec la même ardeur que d'autres mettent à imaginer une vie après la mort. À quelle catastrophe avait-il survécu ? À Charlotte ? Non, ça venait de plus loin, Charlotte n'avait été qu'une confirmation du danger de vivre. Dans ce monde hostile, on ne pouvait compter que sur soi. Fabien avait vécu avec lui des années d'aquarium. Chaque fois qu'il le quittait, il avait les oreilles bouchées, éprouvait le besoin de respirer comme après une longue plongée en apnée. À sa mort, Fabien hériterait d'une montagne de silence.

Une fois, pour le faire parler, il l'avait invité au restaurant. Son père détestait ça, comme les cafés, les hôtels, tous les endroits qui transpirent la vie des autres. Un déjeuner entre hommes, presque entre copains, quoi. Il fallait que Fabien soit encore bien jeune pour croire à ce genre de miracle. Mais il était décidé à lui faire cracher le morceau, n'importe lequel, à propos de sa jeunesse à lui (le père), à lui (le fils), d'avant Charlotte, d'après Charlotte. Avait-il eu des maîtresses ? En avait-il encore ? Un os à ronger. Pour l'inciter à en faire autant, il s'était laissé aller à lui confier des détails assez intimes de sa propre vie et, pour se donner du cœur au ventre, s'envoyait de grands verres de vin blanc. À la moitié du repas il était fin soûl, racontait n'importe quoi tandis que son père n'avait ouvert la bouche que pour lui dire : « Mange, ça va être froid. »

En payant l'addition, pendant que son père pliait soigneusement sa serviette, Fabien s'était senti horriblement humilié. Au lieu de l'amener à la confidence, il n'avait réussi qu'à se vautrer de manière obscène devant lui. En rentrant, il s'était précipité sous la douche. Mais il y avait une bonne quinzaine d'années de cela. Aujourd'hui, c'était différent. Il savait que son père ne lui parlerait jamais, pour la bonne raison qu'il n'avait sans doute rien à lui dire et c'était très bien comme ça. Il était issu de deux fantômes, avec l'absence de l'une et le silence de l'autre pour tous liens de parenté. Chacun d'eux robinsonnait son petit bout d'existence, voilà tout.

Depuis plus de trente ans, Charlotte reposait contre la fesse droite de son père entre une carte de sécu et une autre d'identité au nom de : « Fernand Delorme » (une photo racornie représentant une petite femme brune, en socquettes blanches et sandales, souriant à l'ennui sur fond de chemin forestier) et il n'y avait jamais eu de place pour lui entre eux deux.

– Bon Dieu ! Comment peut-on vivre avec une pendule qui fait tic-tac ?

La fierté de son père, une comtoise. Un cercueil vertical. Charlotte aurait très bien tenu dedans.

– Papa, va falloir y aller…

– Hein ?… Oui, oui, quand faut y aller, faut y aller.

La 4L jaune vif rachetée par son père aux PTT (une affaire en or !) émit deux ou trois hoquets inquiétants avant de s'immobiliser devant la gare.

– On est drôlement en avance. Un bon quart d'heure à attendre.

– N'attends pas, papa, rentre.

– C'est quand même bizarre que tu ne conduises pas. Tu serais plus indépendant.

– Qu'est-ce que je ferais de plus ?

– Comme tu veux. Allez, embrasse bien Sylvie et n'oublie pas ton lilas. Tu lui diras de le mettre dans l'eau tout de suite en arrivant.

– D'accord, papa, au revoir. Je te téléphone dans la semaine.

– C'est ça.

Fabien n'était pas le seul sur le quai à être déguisé en buisson de lilas. Le papier journal humide qui entourait les branches se décomposait lentement entre ses doigts.

Il n'avait jamais remarqué que son père avait de si longs poils dans les oreilles. C'est tout ce qu'il retiendrait de ces trois jours passés avec lui.

C'est toujours un peu décevant d'entrer dans une maison vide alors qu'on croit y être attendu, mais au fond, l'absence de Sylvie l'arrangeait plutôt. Il aurait fallu parler, raconter et il n'avait absolument rien à dire ni à Sylvie ni à personne d'autre, pas même envie d'écouter les messages sur le répondeur (trois). Il revenait du monde du silence, des grands fonds paternels et avait besoin d'un palier de décompression. Sylvie avait dû aller au cinéma avec Laure. Elle y allait toujours avec Laure quand il n'était pas là. Fabien n'aimait pas le cinéma, surtout le soir.

Le départ avait été précipité car il n'y avait pas de mot sur la table de la cuisine. Sylvie était souvent en retard, l'attente la rassurait. Le lilas avait pris un coup de mou, le papier journal qui entourait les branches n'était plus qu'une bouillasse grise. Il chercha des yeux le grand vase bleu mais ne le trouva pas. Il ne savait jamais où Sylvie rangeait les choses. Les choses, c'était son domaine. C'était elle qui les faisait apparaître et disparaître à sa guise. Lui ne savait pas, il était trop maladroit, il cassait tout.

Quand il était seul à la maison, il passait son temps à jouer à cache-tampon pour dégotter un ouvre-boîte, une paire de chaussettes ou une rallonge électrique. Il tordit le cou au malheureux bouquet et le tassa dans la poubelle.

Frigo : quatre œufs, une tranche de jambon virant au vert et trois bières. Il ne poussa pas plus loin ses investigations de peur de rencontrer au fond du bac à légumes un cœur de laitue flétri ou une carotte molle. Il se contenta d'une bière. Pendant leurs deux premières années de vie commune, le frigo regorgeait de foie de veau, d'entrecôtes, de travers de porc, de volailles, de poissons, de légumes frais, de crème, d'entremets, et la cave de sancerre, de bourgogne, de champagne… La moitié de leur temps se passait au lit, l'autre à table. Ils contemplaient leurs bourrelets avec le ravissement idiot d'une femme enceinte devant la glace de la salle de bains. Ils étaient insatiables, jusqu'au gâchis. Puis un jour elle décida qu'ils étaient trop bien, que ça ne pouvait plus durer, que ça n'était pas normal. Alors ils laissèrent le temps s'écouler entre eux, lent et obstiné, pareil au désert qui avance. Ils n'avaient rien fait, ils n'avaient rien dit. Il n'y avait pas eu d'enfants, ni de caniche ni de chat. Ils s'étaient installés, ils avaient maigri.

La bière avait un goût de fer, ses mains aussi, crispées sur la rambarde du balcon, et les étoiles plantées dans le ciel, et toute la ville répandue à ses pieds. Du fer.

« Combien sommes-nous, accoudés à nos fenêtres, une canette de bière à la main, à nous demander si ça peut encore nous arriver. Nous ne savons même plus ce que c'est que *ça*. La gloire ? la fortune ? l'amour ? De l'enfance il ne nous reste qu'un vertige indéfinissable, juste de quoi entretenir le regret. »

L'autre jour, à une terrasse de café, quelqu'un avait dit dans son dos : « Je me demande si je pourrais encore tomber amoureux ? » C'était un homme de son âge. Sur le trottoir, des filles croisaient, légères comme des cigarettes, auréolées du soleil de juin, inaccessibles.

Il y a quelques années, le sirocco avait soufflé sur Paris. Il faisait très chaud. Une fine couche de sable rose recouvrait les voitures. Fabien était au même endroit, sur son balcon. Il aurait voulu qu'il en tombe un mètre, comme la neige quand il était petit. Mais rien ne tenait ici, tout tournait en boue. Ça venait sans doute de la mauvaise qualité des rêves.

Il ne comprenait plus rien aux pubs de la télé. Il ne voyait pas ce qu'on voulait lui vendre, une boisson ? une voiture ? un produit ménager ? Il sentait bien qu'à deux pas de lui il y avait un monde peuplé de mecs balèzes courant dans les vagues en slip kangourou, de gonzesses surgonflées dégoulinantes de savon, d'adorables bambins barbouillés de confiture et de gros toutous débordant d'affection pour l'ami Ricoré, mais il n'y avait plus accès. Idem pour les infos (il en était resté aux bons et aux méchants), idem pour les jeux où il ne savait jamais si c'était la vachette qui devait enfourcher l'abruti déguisé en moules-frites ou l'inverse, idem en ce qui concernait les motivations d'un flic de choc principalement occupé à sodomiser tous les véhicules qui se trouvaient devant lui. Ça ne l'empêchait pas d'être persuadé que la télé était la meilleure amie de l'homme, loin devant le chien, le cheval et même Sylvie.

Il se demanda s'il avait faim et se répondit distraitement : « Peut-être. » Mais la perspective de manipuler poêle, beurre, œufs le découragea. Il préféra aller se laver les dents, histoire d'en finir au plus vite. Il ne retournerait pas chez son père avant longtemps. À chaque fois, ça lui torpillait le moral. Quand il était jeune, il n'avait jamais le temps de se laver les dents le soir. Il s'endormait là où il en était de sa vie et la reprenait le matin au même endroit. À présent, tout était découpé en tranches fines, ponctué d'obligations mécaniques. Allongé sur le lit, la lumière éteinte, la voix de Macha Béranger s'insinuait dans le creux de son oreille comme un bernard-l'ermite. Il n'était plus qu'une bouche vide sur l'oreiller laissant échapper des effluves de dentifrice. Une petite mort imprégnée de sent-bon. Qu'est-ce qui l'empêchait de s'endormir ? L'attente d'un bruit de clé dans la serrure ou le clignotement agaçant des trois messages sur le répondeur ?

Même s'il était parfaitement conscient de faire une connerie, il appuya sur la touche « Play ».

Premier message : « Salut, Fabien, c'est Gilles… Bon, t'es pas là… Bon, euh… ça m'aurait fait plaisir de boire un coup avec toi… C'est un peu chiant la vie de célibataire… Tant pis ! Ce sera pour une autre fois. Passe-moi un coup de fil à ton retour, salut !… Ah ! bisous à Sylvie ! »

Deuxième message : « Sylvie ?… Sylvie, c'est moi, Laure !… T'es où ?… T'es aux chiottes ?… Bon, t'es pas là. Écoute, on est samedi soir, tu m'as dit que Fabien n'était pas là ce week-end. Je me serais bien fait une petite toile. Il est dix-huit heures, si ça te tente. À plus, je te bise. »

Troisième message : « Pour M. Fabien Delorme. Pouvez-vous contacter de toute urgence le CHU de Dijon. Votre femme vient d'être victime d'un grave accident de la route. Pour nous joindre, composez le numéro suivant… »

Trois fois il fit repasser la bande. Trois fois il entendit Gilles renifler sur son célibat, Laure réitérer son invitation et l'hôpital de Dijon égrener son numéro qu'il nota enfin sur un coin d'enveloppe. Pas un instant il ne pensa à une mauvaise blague ou à une erreur sur la personne. Il ne téléphona pas tout de suite. Sa première réaction fut d'allumer une cigarette et d'aller la fumer à poil à la fenêtre. Il n'avait aucune idée de ce que pouvait bien faire Sylvie dans une voiture à Dijon, mais ce dont il était sûr, aussi sûr que du vent qui ébouriffait les poils de son sexe, c'est que Sylvie était morte. D'une pichenette il envoya son mégot rebondir cinq étages plus bas sur le toit d'une Twingo noire.

– Merde alors… je suis veuf, je suis un autre. Comment je vais m'habiller ?

Depuis le départ de la gare de Lyon, un petit Attila survolté ne cessait de grimper sur sa mère en lui tirant les cheveux que pour essuyer ses horribles petites mains potelées et gluantes sur les genoux des autres voyageurs. Fabien ne trouvait aucun intérêt au paysage qui défilait devant ses yeux, jaune colza, vert pomme, bleu con. Parfois, dans les tunnels, la vitre lui renvoyait son image, front à front, comme deux béliers prêts à se charger.

Ils n'avaient jamais eu d'enfants. Pour Fabien, les bébés n'étaient que des récipients qu'il fallait remplir et vider constamment. Ils vous collaient pendant des années et, dès qu'ils se prenaient pour des adultes, se reproduisaient et encombraient vos vacances de leur progéniture. Quant à Sylvie, c'est à peine si elle supportait plus d'une heure ceux de ses meilleures amies. Quand par hasard ils en recevaient chez eux, une fois partis, elle passait l'éponge et l'aspirateur afin d'effacer toutes traces de leur passage, puis se laissait aller sur lc canapé en soupirant : « Quelle tache, ce môme ! »

Ils ne s'intéressaient qu'à eux. Seul leur amour était chérissable, ils le gâtaient comme un enfant de vieux, jusqu'à l'étouffer. Aujourd'hui, Fabien se rendait compte à quel point leur bonheur les rendait odieux au regard des autres. Une véritable provocation. Peu à peu le vide s'était fait autour d'eux, plus personne ne voulait les inviter. On les tenait à l'écart, un peu comme les veufs. Tout le monde sait qu'un excès de bonheur porte autant la poisse qu'un grand malheur. C'est à ce moment que Sylvie tomba enceinte. En attendant sa sortie de clinique, il était allé lui acheter des fleurs. C'était la Saint-Valentin. L'IVG s'était déroulée normalement. On aurait dit qu'elle s'était fait arracher une dent, rien de plus. Mais il avait dû lui en pousser une autre, contre Fabien, car c'est à partir de ce moment qu'ils ne firent plus l'amour ensemble. Enfin, très rarement, après une fête bien arrosée ou lors de ces interminables dimanches de février, comme ils auraient joué au Scrabble.

Le sale gosse finit quand même par se ramasser une claque sur les fesses, ce qui provoqua un hululement suraigu tellement insupportable que la pauvre femme fut obligée de traîner son rejeton par un bras dans le couloir. Pas facile d'élever seule un enfant. Parce que, pour Fabien, c'était évidemment une mère célibataire. Il les reconnaissait du premier coup d'œil, cette attitude de vieux couple avec leur enfant, cette manie de s'excuser à tout bout de champ et puis ce laisser-aller, le cheveu triste, pas maquillée, le caleçon qui poche aux genoux. La maternité embellit ? Quelle blague ! Pas étonnant qu'elles se fassent plaquer. Mais au fond, le sort de leurs chevaliers inexistants n'était guère plus enviable, pension alimentaire, lavage de chaussettes dans l'évier, boîtes de conserve. Génération de femmes et d'hommes libres…

Dijon, trois minutes d'arrêt. C'est sans doute le temps qu'il aurait consacré à cette ville s'il n'avait pas dû se rendre à l'hôpital. Cette succession de cartes postales qui se déroulait derrière la vitre du taxi ne lui disait rien qui vaille. Un décor pour un film de Chabrol, des restaurants, des notaires et des restaurants. Il était bien d'accord avec le chauffeur, la gauche et la droite, c'était du pareil au même. Il était toujours d'accord avec les chauffeurs de taxi, les coiffeurs, les bouchers, les autres en général, et c'était sans doute pourquoi il était toujours en vie.

À l'accueil on lui demanda de patienter un instant, quelqu'un allait venir le chercher. Il prit place sur une des chaises de plastique moulé rouge alignées le long des murs vert hépatique. S'il devait être malade à l'hôpital, ce qui l'humilierait le plus, ce serait de se traîner dans les couloirs en pyjama-robe-de-chambre-pantoufles. Il en éprouvait la même répulsion que pour le jogging acrylique-baskets dénouées des jeunes, ou l'intolérable short-casquette américaine des vacanciers. « On a du temps à passer, faut se la jouer confort. L'éternité vue par Adidas. » Lui, après avoir longuement hésité, avait choisi une tenue sport, veste de tweed, cachemire et pantalon gris, chaussures anglaises d'un joli brun rouge. L'homme qui vint vers lui portait un costume beige froissé de mauvaise qualité et n'avait rien à voir avec le corps médical.

– Inspecteur Forlani.

Fabien compléta : « Gérard », le prénom était gravé sur sa gourmette. Il s'emberlificota dans des explications confuses où revenait comme une mouche le mot *désolé*. Ce devait être terrible de faire un boulot pareil en étant à ce point désolé. Il ne ferait certainement pas une longue carrière dans la police. Fabien eut envie de lui demander s'il aimait son travail, mais il se dit qu'il n'était pas là pour ça et d'ailleurs, l'autre ne lui en laissa pas le temps.

– Si vous voulez bien me suivre jusqu'à la morgue. Je suis désolé…

L'inspecteur marchait comme il parlait, à petits pas pressés, en jetant des coups d'œil anxieux par-dessus son épaule comme s'il avait peur que Fabien ne prenne la fuite. Un papier gaufré de gâteau à la crème était collé sous son talon gauche. Ça faisait penser à un poisson d'avril.

– Monsieur Forlani ?

– Oui ?

– Vous avez un papier de gâteau collé sous votre chaussure gauche.

– J'ai quoi ?

– Un papier collé sous votre chaussure.

– Ah, merci.

Il s'en débarrassa en sautillant sur un pied, chercha des yeux une corbeille, froissa le papier dans sa main et le mit dans sa poche en haussant les épaules.

Ils croisèrent plusieurs chariots de cantine poussés par des Antillais désœuvrés. Fabien se demanda ce qu'il allait manger à midi, il avait faim. La morgue était tout au bout de l'hôpital, à côté des poubelles. Forlani se retourna vers Fabien et marqua un temps d'arrêt.

– C'est ici.

Il avait mis tant de gravité dans sa voix que Fabien ne put s'empêcher d'esquisser un sourire. On aurait dit un nain sur la pointe des pieds. Au moment de pousser la porte, ils durent s'effacer pour laisser sortir deux femmes, une jeune, l'autre plus âgée, très pâles. L'endroit faisait penser aux cuisines d'une cantine d'entreprise, vaste, carrelé de blanc, verre et métal chromé. Forlani s'entretint avec deux hommes en blouse blanche. Ils jetèrent un bref coup d'œil à Fabien et tirèrent la poignée d'une sorte de tiroir. Sylvie sortit du mur.

– C'est bien votre femme ?

– Oui et non. C'est la première fois que je la vois morte. Je veux dire, que je vois un mort. C'est très différent d'un vivant.

Forlani et les deux blouses blanches échangèrent un regard circonflexe.

– C'est très important. Monsieur Delorme, reconnaissez-vous votre épouse ?

Bien sûr qu'il reconnaissait Sylvie, mais pas ce sourire crispé plaqué sur le bas de son visage.

– Oui, oui, c'est elle.

– Bien. Savez-vous quelles étaient ses dernières volontés ?

– Ses dernières volontés ?

– Oui, si elle souhaitait être inhumée ou incinérée ?

– Je n'en sais rien… Je suppose qu'elle ne souhaitait pas mourir du tout, comme tout le monde.

– Bon, nous verrons ça plus tard. Ne vous inquiétez pas, nous nous occuperons de tout.

– Je ne m'inquiète pas. Je vous fais confiance. C'est la première fois, je ne sais pas ce qu'il faut faire.

– Nous comprenons, monsieur Delorme, nous comprenons. Vous voulez bien me suivre, j'ai quelques questions à vous poser.

Ils refirent le chemin, toujours au rythme saccadé de l'inspecteur. Fabien avait l'impression de se repasser un film à l'envers. S'ils ne s'étaient pas arrêtés à côté de la machine à café, il aurait pu ainsi remonter le temps jusqu'à avant son départ chez son père et retrouver Sylvie, fraîche et pimpante. Ça ne l'aurait pas étonné plus que ça. Depuis la veille, plus grand-chose ne l'étonnait.

– Du sucre ?

– Non, merci.

– Monsieur Delorme, vous n'étiez donc pas au courant de la présence de votre femme dans la région.

– Non. Elle ne m'avait pas fait part de ce voyage. Je pensais la retrouver à la maison.

– À Paris, 28, rue Lamarck ?

– C'est ça.

– Monsieur Delorme, où étiez-vous ce week-end ?

– Chez mon père, à Ferranville, en Normandie. Je l'ai aidé à débarrasser son grenier. Il y avait une brocante.

– Du vendredi au dimanche soir, c'est ça ?

– Oui.

– Vous n'avez aucune idée de ce que votre femme était venue faire à Dijon ?

– Non, nous ne connaissions personne par ici. Pas moi en tout cas.

Forlani prenait des notes sur un calepin neuf à 12,50 F, le prix était encore étiqueté dessus. La pince du capuchon de son stylo était mordillée et recourbée vers l'extérieur, ce qui permettait de le faire rebondir sur le bord de la table quand il réfléchissait. Qu'est-ce qu'il n'arrivait pas à dire ?

– Monsieur Delorme, savez-vous que votre femme avait une liaison ?

– Une liaison ?

– Un amant, si vous préférez.

– Un amant ? Quel rapport ?

– Votre femme n'était pas seule dans la voiture.

– Ah.

– Elle était avec un homme, décédé lui aussi dans l'accident.

– Mais on peut très bien monter dans la voiture de quelqu'un sans pour autant en déduire que...

– Bien sûr, monsieur Delorme, mais ils étaient descendus la veille dans une auberge où on les connaissait pour les y avoir reçus plusieurs fois : Le Petit Chez-Soi. Ça vous dit quelque chose ?

– Le Petit Chez-Soi ? Non. C'est un nom grotesque, vous ne trouvez pas ?

Visiblement, Forlani n'avait pas d'avis sur le sujet. Il se contenta de faire une grimace en agitant son stylo comme un hochet.

– Je suis sûr qu'il doit y avoir des lampes en bouteilles de Wat 69 coiffées d'abat-jour écossais.

– Je ne sais pas, monsieur Delorme, peut-être,
peut-être… Dites-moi, vous avez une voiture ?

– Non, je ne conduis pas.

– Vous voulez dire que vous n'avez pas de permis ?

– C'est cela. Je déteste les voitures. Avouez que
les événements me donnent raison, non ?

– Certainement… Dans ce cas, je ne vais pas vous
importuner plus longtemps.

– Avant de partir, j'aimerais en savoir un peu plus
sur les circonstances de l'accident.

– Évidemment. Eh bien, ça s'est passé samedi
soir, vers onze heures trente, route sèche, ligne
droite, au bas d'une côte. Le véhicule devait aller
assez vite, il a percuté une barrière de sécurité sur la
droite et est tombé dans un ravin. Votre femme et
l'homme qui conduisait revenaient d'un restaurant
de Dijon mais ils n'avaient pas beaucoup bu. Ils
rentraient à l'auberge. Un malaise du conducteur ou
bien un chauffard venant en sens inverse ? Il y a des
traces de pneus provenant d'une autre voiture.
L'enquête suit son cours.

– Comment s'appelait… l'amant de ma femme ?

– Pourquoi voulez-vous le savoir ?

– Je le connais peut-être, ça se fait beaucoup entre
amis. Et puis maintenant, nous sommes un peu de
la même famille.

– Je ne peux pas vous répondre, monsieur
Delorme. Cet homme était marié, lui aussi.

– C'est une des deux femmes que nous avons croisées en entrant à la morgue ?

– Euh... oui. Vous devriez rentrer chez vous, monsieur Delorme, nous vous tiendrons au courant.

– Vous avez raison. Oh, pardon ! Je suis maladroit !

La moitié du gobelet de café que Fabien tenait dans sa main venait de se renverser sur les genoux de l'inspecteur. Il se précipita vers les toilettes, abandonnant carnet neuf et stylo rongé sur la table basse.

L'amant de sa femme s'appelait Martial Arnoult et son épouse, Martine ; résidant 45, rue Charlot, Paris, dans le IIIe arrondissement.

Martine Arnoult, 45, rue Charlot, Paris, IIIe arrdt.
C'est la première chose qu'il fit en arrivant chez lui,
noter ce nom et cette adresse sur l'ardoise magique
dans la cuisine, au-dessous de : *Cirage marron, piles
(4), payer l'EDF.* Il ne savait pas trop ce qu'il en
ferait. Probablement rien. Il avait ramassé ça comme
un galet bizarre sur une plage. En général on les foutait à la poubelle en revenant de vacances. Ensuite il
avait dormi quinze ou seize heures d'affilée, jusqu'au
lendemain. Demain n'était pas un autre jour. Sylvie
était toujours morte. Dans la rue, au supermarché,
tout le monde continuait à vivre comme s'il ne s'était
rien passé. On prévoyait un été torride, la sœur de la
caissière venait d'avoir une petite fille. Quelqu'un fit
tomber une bouteille d'huile.

Fabien acheta le cirage marron, les piles, des œufs
et du chorizo fort. Il ferait le chèque pour l'EDF en
remontant. Bonjour, au revoir, tout était incroyablement normal. Il était partagé entre l'envie de hurler
sur les toits : « Hé ! Vous savez pas ? Sylvie est
morte, je suis veuf ! » et le plaisir grisant de posséder

un secret : « Moi, je sais un truc que vous ne savez pas, mais je ne vous le dirai pas. »

Dans l'appartement, la présence de Sylvie se faisait encore sentir, pas seulement à cause des objets familiers dispersés ici et là, ni des effluves de parfum, mais plutôt comme un écho de sa vie dans chaque molécule d'air qu'elle avait respirée. Ça faisait la même impression que de suivre le jeu de mains invisibles sur le clavier d'un piano mécanique. Fabien se fit frire deux œufs avec des oignons, des tomates et du chorizo. C'est toujours ce qu'il se cuisinait quand il déjeunait seul chez lui. Sylvie ne supportait pas le chorizo fort. Il avait beau adorer ça, il se demanda s'il pourrait en manger midi et soir jusqu'à la fin de ses jours. C'étaient des choses comme ça qui allaient lui pourrir l'existence.

Il accumula dans sa tête la somme des tâches, des obligations ménagères et autres qu'il n'accomplissait jamais et se sentit très vite submergé. Il alla se verser un grand scotch pour se remonter le moral. Et puis il n'y avait pas que ça. Il y avait toutes les habitudes anodines, les soirées devant la télé, le marché du samedi matin, les anniversaires en famille, les visites de musées, au fond, tout ce qu'il détestait avant-hier. Cette révélation lui fit un drôle d'effet, même les petites engueulades mesquines allaient lui manquer. Du coup il se servit un autre verre un peu plus rempli que le précédent. Il n'avait pas pensé à ça. Jusqu'à présent il avait considéré son veuvage comme une sorte de gratification honorifique, comme une rosette à la boutonnière. Bien sûr, ce n'était plus le grand amour depuis longtemps, mais il ne haïssait pas Sylvie, il y avait… disons une tendre complicité entre eux.

L'alcool commençait à le faire larmoyer. Des séquences de jours heureux remontaient à la surface et éclataient comme des bulles de savon. Puis l'apitoiement fit place à la colère.

– Alors comme ça tu m'as fait veuf et cocu ! Très élégant, bravo ! Sais-tu que dans la rue, tout le monde s'en fout que tu sois morte ? Eh oui ! Veuf et cocu ! Je n'aime pas ce mot. Il ne convient pas à la situation. On dirait un mot d'enfant, comme pipi, caca. C'est pourtant un mot qui plaît, qui fait rire, sans doute à cause de « cu ». Et au Petit Chez-Soi avec un mec qui s'appelait Martial ! C'est d'un goût ! Mais qu'est-ce qui t'a pris, nom de Dieu ! Bien sûr, tu n'es pas obligée de me répondre. Les morts ont tous les droits, surtout celui de se taire, comme mon père, comme Charlotte… J'allais dire que vous vous étiez donné le mot ! Rigolo, non, pour des muets ? Je fais l'humour que je veux ! C'est moi l'offensé, j'ai le choix des armes ! Je suis libre, tu m'entends ? LIBRE ! Je peux me bourrer la gueule, vomir sur ton tapis, roter, péter, me branler et asperger de foutre tes putains de rideaux en dentelle ! C'est ça, continue à te taire, mais moi, je peux te pourrir l'éternité à te parler de tout et de rien, de jour comme de nuit, des paquets de mots dans ton foutu néant ! Et puis merde ! Fais ce que tu veux de ta mort. Qu'est-ce que j'en ai à foutre ?… Tu es libre, je suis libre, on est tous libres…

Il faisait nuit noire quand il se réveilla le nez sur la moquette du couloir. Il lui sembla qu'elle avait poussé tant elle était épaisse. Il roula sur le côté. La lumière de la chambre était allumée. Une fraction de seconde il imagina Sylvie en train de lire au lit, la joue dans la paume de la main, les lunettes sur le bout du nez. Un haut-le-cœur fit disparaître l'image. Il tituba jusqu'aux toilettes. L'œuf-chorizo-whisky tourbillonna dans la cuvette. Fabien s'adossa au mur et se laissa glisser jusqu'au sol. Sa main se posa sur un livre. Il s'agissait d'un ouvrage sur les jardins que Sylvie lisait ces derniers temps : *Jardins secrets* de Rosemary Verey. Il l'ouvrit au hasard, page 8 : « Depuis son éviction du Paradis, l'homme n'a cessé de créer des jardins, des lieux secrets où se recueillir, échanger des confidences et des promesses, des lieux de réminiscences. S'il a revêtu des aspects différents au cours des siècles, le jardin secret traduit les plus profonds secrets de l'être humain. »

La sonnerie du téléphone lui fit l'effet d'un électrochoc. Il laissa sonner longtemps, mais visiblement celui qui appelait n'était pas décidé à lâcher prise. Fabien se précipita droit devant, se cogna le tibia contre un meuble et s'écroula sur le lit près du téléphone.

– Allô ?

– Fabien ? C'est Gilles, ça va ?

– Euh, oui… je dormais. Ça va ?

– Moi ? Oui, mais toi ?

– Je viens de me cogner le tibia. C'est rien.

– Fabien, je… je ne sais pas quoi te dire… Sylvie…

– Quoi, Sylvie ? Elle n'est pas là. Elle a dû aller au cinéma avec Laure.

– Qu'est-ce que tu me racontes ? Arrête tes conneries. Ton père m'a appelé, il est vachement inquiet. Ton coup de fil l'a sacrément secoué.

– Mon coup de fil ?

– Oui, ton coup de fil, tu ne t'en souviens pas ? T'étais raide bourré mais il a bien compris ? Mon pauvre vieux… Tu veux que je vienne ?

– Pour quoi faire ?

– Pour être à côté de toi ! Je suis ton ami.

– Oui… mais pas maintenant. Demain matin, si tu veux. Il faut que je dorme, longtemps.

– Je comprends, mon petit vieux. T'es sûr que tu ne vas pas faire de conneries ?

– Quelles conneries ?

– Je sais pas, moi…

– Mais non, je vais juste dormir. Passe vers neuf heures.

– D'accord, vers neuf heures. Je suis désolé, Fabien, mais je suis là.

– C'est gentil, Gilles, à demain.

Et voilà il avait lâché le morceau. Une fois de plus, il s'était laissé aller devant son père. Cela dit, un peu plus tôt, un peu plus tard, il aurait fallu que ça se sache. Il aurait préféré un peu plus tard. La véritable corvée allait commencer, il allait falloir raconter dix fois, cent fois la même histoire, remercier, serrer des mains moites, embrasser des joues humides et flasques, revoir de vagues cousins de province. Ça lui paraissait bien au-dessus de ses forces. Il se dit qu'un café lui ferait peut-être du bien. En traversant l'appartement, il put se rendre compte des dégâts causés par sa seule et unique scène de jalousie : tiroirs vidés, mobilier renversé, cendriers retournés, garde-robe éparpillée et souillée. Un carnage aussi honteux que dérisoire. Qui allait nettoyer tout ce merdier ? Gilles ? Laure ? La meilleure stratégie à adopter était de se réfugier derrière son statut de veuf cocu terrassé par la douleur et de se faire intégralement prendre en charge. Ce n'était certainement pas l'attitude la plus glorieuse, mais elle avait au moins le mérite de lui laisser le temps de se retourner.

Vaguement rassuré, il s'endormit sur le canapé du salon entortillé dans le grand châle bleu qu'il avait offert à Sylvie pour ses quarante ans. Juste avant de fermer les yeux, il se fit la remarque qu'elle ne l'avait pratiquement jamais porté.

Laure et Gilles ne savaient pas que de la salle de bains on entendait très bien ce qui se disait dans la cuisine.

Laure – Il ne peut pas rester seul. D'ailleurs il n'a jamais pu vivre seul.

Gilles – Le salaud ! Il en a foutu jusque-là !... Je lui proposerais bien de venir vivre à la maison. Depuis que Fanchon est partie, il y a de la place. Je ne prends le gosse qu'un week-end sur deux. Et puis j'avoue que, pour le loyer, ça m'arrangerait... Mais est-ce qu'il va vouloir ? Dis donc, t'étais au courant pour Sylvie ?

Laure – Non, elle ne m'a jamais parlé de ce mec. Je savais que leur couple était plutôt un arrangement qu'autre chose, mais il n'a jamais été question d'amant. Elle avait même l'air réticente sur ce point. Plusieurs fois je lui ai conseillé d'en prendre un, comme ça, pour le pied, mais ça n'avait pas l'air de la brancher. On croit connaître les gens...

Gilles – Fanchon et moi, on se disait tout, de mon côté comme du sien. Total, on en arrive au même résultat, sauf que Fanchon n'est pas morte.

Laure – Moi, le mariage, tu sais ce que j'en pense. Vive le célibat ! Copain copain et pas plus d'une nuit sous le même toit.

Gilles – Mon œil ! T'arrives pas à les garder, c'est tout. Tu ne rêves que de pot-au-feu, couches qui sèchent et gros câlins. Y a pas plus popote que toi.

Laure – Moi ?

Gilles – Oui, toi. Mais pour être sûre de ne pas te planter, pour conserver intact ton idéal de vie conjugale, tu ne te tapes que des Californiens de passage.

Laure – Tu déconnes complètement, mon petit Gilles. D'abord, Helmut n'était pas californien.

Gilles – Mais il était de passage quand même.

C'était drôle de les entendre discuter et s'affairer de l'autre côté de la cloison. Fabien avait l'impression de ne plus exister non plus, comme si le départ de Sylvie avait provoqué le sien. La mort était peut-être contagieuse. Ou bien il était en train de se transformer en Peter Brady, l'homme invisible, le héros préféré de Sylvie. Quand ils s'étaient rencontrés, elle lui avait dit que, petite, elle ne ratait jamais un épisode du feuilleton. Il aurait dû se méfier. C'était une lourde tâche que de rivaliser avec un tel personnage. Elle avait des idées bizarres, comme ce grand regret de n'avoir jamais pu être anesthésiste. Il se demanda si finalement elle n'y était pas parvenue, avec lui en tout cas. C'était curieux, il s'attendait à voir sur son visage une marque, un stigmate du décès de Sylvie, mais il n'y avait rien, pas une ride supplémentaire, pas la moindre rougeur au milieu du front et pourtant, Dieu sait si la lumière qui émanait du néon au-dessus du lavabo était impitoyable. De Sylvie, il ne restait que des choses, des pots de crème, des tubes de rouge à lèvres, de mascara, une brosse à dents, pinces, limes, brosses… Qu'allait-il faire de cette traînée de vie ? Rien. Il n'allait rien en faire. Il n'allait pas les donner aux pauvres, ni les brûler, il ne toucherait à rien. C'était à lui de disparaître, de fermer la porte et d'aller occuper une autre coquille. Ils n'avaient pas tout à fait raison, les deux autres qui frottaient et balayaient dans la cuisine, il n'était pas incapable de vivre seul, il ne concevait la solitude qu'accompagné.

Dans son souvenir, l'appartement de Gilles et Fanchon était plutôt cosy-confort, meubles choisis avec soin chez des brocanteurs, souvenirs de voyages exotiques, tapis, lumières d'ambiance, etc. De tout cela il ne restait plus qu'un filigrane de mobilier, des traces plus pâles sur les murs jaunis, une table ronde, trois chaises, une télé et un canapé défoncé sur lequel Gilles était assis en tailleur, un peignoir sur les épaules. Un épais nuage d'herbe flottait au-dessus de sa tête. On aurait dit un naufragé au milieu d'une banquise où flottaient des jouets divers, girafe en peluche, gros camion rouge, cubes, petits personnages démembrés et autres objets plus ou moins identifiables.

– Cambriolage ? Huissiers ?

– Fanchon. Assieds-toi.

Fabien se fit une place au milieu des ruines d'une cité dévastée composée de pièces de Lego multicolores.

– C'est l'absence de rideaux qui fait vide. C'est important, les rideaux, dans une pièce. Mais j'ai gardé le frigo, la cuisinière et la télé. Comment tu te sens ?

– Je ne me sens pas. L'impression d'être en pilotage automatique. Je suppose que ce doit être normal au début. Je n'ai pas vu la semaine passer, je n'ai fait que dormir.

– Tu as eu raison de venir. C'était pas bon de rester là-bas tout seul. Tu es ici chez toi. Tu verras, Léo est un chouette môme. Je lui ai dit que tu allais venir habiter avec nous. Il est enchanté. Il se fait chier chez sa mère. Tiens, c'est de la colombienne. Des années que j'en avais pas fumé d'aussi bonne. C'est meilleur que le Valium.

L'herbe lui emplit la bouche d'un puissant goût poivré. Un boa de fumée déroula ses anneaux dans un rayon de soleil.

– Comment ça s'est passé ?

– Quoi ?

– L'enterrement.

– Plutôt bien. Il faisait beau. Laure et ton beau-père se sont un peu engueulés, chacun d'eux voulait prendre la direction des opérations. Tu les connais.

– Personne n'a rien dit ? Je veux dire, mon absence…

– Des chuchotements par-ci, par-là. Rien de bien méchant. Compte tenu de la situation, ils ont fait ceux qui comprenaient. De toute façon, devant ton père, ils ne pouvaient pas dire grand-chose.

– Comment il était, lui ?

– Monolithique. Il m'a dit de prendre soin de toi et qu'il regrettait.

– Qu'il regrettait quoi ?

– Je sais pas… Bon, en attendant, tu vas t'installer dans la chambre de Léo, j'ai mis son lit dans la mienne. Pour le week-end, ça suffit, et puis, comme tu vois, il a toute la place pour jouer ici. Tu sais pas ? Hier, elle est venue pour me reprendre la télé ! Tu comprends ça, toi ? Elle se fait vingt mille balles par mois et elle veut me reprendre la télé ! Ça m'a scié, j'ai même pas de quoi payer le loyer. Elle est dingue.

– Elle a mal.

– Elle a mal ? Et moi alors ! J'ai mal et en plus j'ai pas de fric !

– On s'en roule un autre ?

Finalement, on s'y faisait très bien à cette nouvelle déco, ce vide rempli de jouets et de fumée. Au bout d'une demi-heure, ni l'un ni l'autre ne pensaient plus à leur pitoyable condition de mâles abandonnés. À quatre pattes sur la moquette ils bâtissaient une cité de rêve en se disputant les pièces du Lego.

– Non ! Pas la cheminée, j'ai besoin de toutes les cheminées ; c'est un centre d'accueil pour pères Noël, tu comprends ?

– D'accord, mais tu me passes l'escalier rouge, mon temple doit être entièrement rouge.

Pourquoi ne parlait-on jamais des bienfaits du chômage ? Alors que dehors le monde s'agitait, que les gens allaient et venaient courbés sous le poids des responsabilités, des soucis, deux copains, la quarantaine bien tassée, l'un veuf et l'autre divorcé de fraîche date, jouaient paisiblement aux Lego un jour de semaine à quatre heures de l'après-midi.

– Gilles, t'entends pas comme des grattements de bête dans la cuisine ?

– C'est Casimir. Cette conne a embarqué la cage du hamster sans s'apercevoir qu'il n'était pas dedans. Je l'ai foutu dans le four en attendant. Il bouffe tout.

Quelque chose qui ressemblait à la vie se remettait à circuler dans les veines de Fabien.

Depuis près de trois semaines, Fabien se réveillait chaque matin dans un univers de petits lapins bleus, de boîtes à musique égrenant des airs désuets, de jeux d'éveil Fisher Price, de peluches plus ou moins en décomposition et de gribouillis tracés au feutre sur les murs dont il ne se lassait pas de chercher, tel Champollion, de multiples interprétations. Fanchon était tellement prise par son boulot qu'elle leur laissait le gosse deux, puis trois, puis quatre jours au moins par semaine. Ce qui fit que, très vite, l'appartement se transforma en une vaste et unique chambre d'enfant. Gilles et Fabien habitaient chez Léo. Leur principale occupation consistait à s'accouder à la fenêtre et à regarder la vie passer. Peignoirs mous et cigarettes pour les grands, grenouillère amidonnée de jaune d'œuf et n'importe quelle saloperie à suçoter pour le petit. Ils comptaient les voitures de pompiers, les ambulances, les cars de flics, sifflaient les filles, crachaient sur la tête des passants. Ils vivaient de haut, au masculin.

– Fabien, qu'est-ce qu'on mange ce soir ?

– Sais pas… Rollmops ? Pied panné ? Quelque chose comme ça.

– OK. Je descends avant que ça ferme. Tu lui fais prendre son bain ?

La vie continuait, imperturbable, comme si elle allait réellement quelque part. Elle se diluait dans le bain de Léo où flottaient canards jaunes et poissons verts.

S'il avait su qu'on pouvait vivre comme ça, il aurait épousé Gilles dès la naissance du gosse. Fanchon faisait la gueule chaque fois qu'elle venait. Elle ne s'attendait pas à une rivale comme Fabien. Son veuvage le protégeait encore suffisamment pour qu'elle ne s'attaque pas directement à lui. Mais elle trouvait toujours à redire ; le ménage n'était jamais fait, Léo mangeait n'importe quoi, à n'importe quelle heure, il disait des gros mots. Gilles lui rétorquait que Léo préférait cent fois être ici que chez elle, et d'une ! Et de deux, qu'elle était bien contente de les trouver plutôt que de payer une baby-sitter. Il s'ensuivait de tortueuses variations sur le thème du pognon qui se terminaient par un échange d'injures et un claquement de porte.

Mais à part ces petits orages qui devinrent bien vite une sorte de rituel auquel on s'adonnait plus par principe que par conviction, tout était au beau fixe, comme le temps. Déjà, dans la rue, on entendait parler de vacances, de mer, de plage. Les plus prévoyants cherchaient à placer leur chat ou leurs plantes vertes pour le mois. On pouvait rester plus longtemps à la fenêtre.

Fabien s'étonnait de la rapidité avec laquelle son cœur s'était cicatrisé. Quand il s'efforçait de penser à Sylvie, mû par une curiosité d'infirme testant les progrès d'une rééducation, il avait l'impression de fouiller les souvenirs d'un autre. C'était peut-être ce qu'on appelait « avoir tourné la page ». La virginité de celle qui suivait lui donnait le vertige. Alors, il commença à la noircir en écrivant : « Martine Arnoult, 45, rue Charlot, Paris IIIe. »

Derrière la vitre du Celtic, Fabien regardait les deux femmes ranger sacs et raquettes de tennis dans le coffre de la grosse BMW grise. La plus âgée s'installa au volant, Martine Arnoult à ses côtés. La voiture décrocha puis disparut à l'angle de la rue. Cela faisait trois vendredis de suite que la même scène se reproduisait. Elles ne rentreraient que le lundi dans l'après-midi.

Le café Le Celtic, situé presque en face du 45, rue Charlot, constituait un poste d'observation idéal. Fabien y passait des heures devant un demi ou un café, faisant semblant d'écrire ou de lire le journal sous le regard perplexe du patron qui hésitait toujours à le considérer comme un habitué ou comme un individu suspect, ou les deux à la fois. Fabien se disait qu'il devrait faire un effort pour le rassurer, échanger quelques mots avec lui, inventer un bobard du genre : « J'écris une thèse sur le 45, rue Charlot », ce qui expliquerait son assiduité, mais il n'avait jamais pu s'y résoudre. Il ne savait pas parler aux gens de tous les jours, de la pluie et du beau temps, lancer la petite plaisanterie qui fait mouche. Chaque fois qu'il s'y était essayé, il était tombé à plat. Dans sa bouche, les mots les plus simples devenaient compliqués et provoquaient l'effet inverse de ce qu'il cherchait. Il se contentait donc de furtifs « Bonjour-bonsoir-merci-s'il vous plaît », agrémentés d'un sourire trop poli pour être honnête.

– S'il vous plaît, monsieur, je vous dois combien ?
– Deux demis ? Vingt-huit francs.

Tandis qu'il attendait sa monnaie, Loulou, accroché comme une moule au comptoir, lui lança un clin d'œil complice auquel il répondit par son petit sourire universel. Pourquoi ce clin d'œil ? Il n'en savait rien. Peut-être parce que Loulou aussi passait des heures au Celtic, mais ses motivations étaient beaucoup plus claires que les siennes. L'autre matin il l'avait vu commander son premier petit blanc. Le patron avait rempli le ballon à ras bord. Les mains posées bien à plat sur le comptoir, il avait attendu que plus personne ne fasse attention à lui pour s'emparer prestement du verre. Mais sa main tremblait tellement que la moitié du contenu s'était renversée sur le zinc et une grande partie de l'autre sur le revers de sa veste. D'un signe de tête il avait commandé la même chose. Et ainsi de suite jusqu'à ce qu'il puisse vider son verre sans en renverser une goutte. Alors, satisfait et fier de lui comme un sportif après l'exploit, il avait regardé ses mains enfin débarrassées de cette agitation diabolique et il avait souri. La journée pouvait commencer. Tout le monde avait besoin d'une raison de vivre. L'alcoolique avait la sienne, très simple : le prochain verre. La vie minimum, une épure presque parfaite.

Pour Fabien, c'était Martine Arnoult. Ses desseins vis-à-vis d'elle étaient assez flous. Ils tenaient dans une formule simpliste : « L'autre m'a piqué ma femme, je vais piquer celle de l'autre. » Il ne concevait pas d'entamer la nouvelle existence qui se proposait à lui sans la présence d'une femme dans un coin de sa tête à défaut de son cœur encore en convalescence. Martine lui était offerte sur un plateau par les circonstances, une évidence. Même sans s'attendre à un coup de foudre renversant, il fut quand même assez déçu la première fois qu'il la vit. Bien que beaucoup plus jeune que Sylvie, la femme de l'autre manquait singulièrement d'intérêt ; une petite blonde d'une trentaine d'années, pâle, l'œil au bleu fixe, une bouche presque sans lèvres, vêtue de bleu marine et de beige. Elle faisait penser à une photo surexposée, à peine un contour, à se demander si elle pouvait projeter une ombre. En fait d'ombre, elle avait Madeleine, l'autre femme, celle qui l'escortait à la morgue de Dijon et conduisait la BMW grise. Il avait appris son nom un jour qu'il était derrière elles dans la queue d'un bureau de tabac (Madeleine, j'ai oublié mon porte-monnaie…). Celle-là était d'une autre trempe, la cinquantaine musclée, l'œil vif du garde du corps sous une frange brune parsemée de fils d'argent. On ne les voyait jamais l'une sans l'autre, à part une fois où il avait pu suivre Martine seule jusqu'au Monoprix. Elle avait acheté des cèpes en conserve et du papier-toilette, achats surprenants car il était difficile d'imaginer Martine cuisinant une omelette aux cèpes et encore moins de faire caca. Mais hormis cette incartade, Madeleine ne la quittait pas d'une semelle. Ensemble ils avaient été au cinéma, au théâtre, au restaurant, au Luxembourg. On aurait pu les prendre pour les frères Ripolin. Fabien était très prudent, il se méfiait de Madeleine qui semblait dotée d'un instinct animal. Une fois, son regard avait accroché le sien. Sous les sourcils froncés, il lui avait semblé entendre : « Je l'ai déjà vu quelque part celui-là. »

Tant qu'il restait dans le périmètre de la rue Charlot, il pouvait toujours passer pour un habitant du quartier, mais quand il les suivait ailleurs, il prenait soin de garder ses distances. Pour faciliter les choses, il s'était acheté un blouson réversible et une perruque qui lui permettaient de changer rapidement de silhouette. Il n'avait pas appris grand-chose sur Martine, si ce n'est qu'elle fumait des Winston ultra, qu'elle était toujours d'accord pour aller là où Madeleine lui disait d'aller, qu'elle n'avait aucun goût ni pour s'habiller ni pour manger, bref, qu'elle flottait dans la vie comme un fœtus dans le formol. Mais c'était justement cette troublante vacuité qui poussait Fabien à se pencher toujours plus au-dessus d'elle. Personne ne pouvait être fade à ce point, elle devait avoir un secret, un trésor caché. Et pourquoi Madeleine la couvait-elle comme une poule son poussin ?

Fabien sentait bien qu'il lui faudrait progresser bientôt dans ses investigations, d'abord parce qu'il commençait à se lasser de ccs filatures stériles, et ensuite parce qu'il se méfiait du patron du Celtic qui pourrait bien un jour ou l'autre prévenir les autorités.

Il y avait une voiture de pompiers garée en bas de chez Gilles, et un petit groupe de gens qui discutaient en désignant sa fenêtre du doigt. Des éclats de voix dans lesquels on reconnaissait celle de Gilles et de Fanchon parvenaient jusqu'au rez-de-chaussée.

– Oui, bon, faut rien exagérer, y a pas eu de blessé !

– Mais t'es complètement inconscient ? Son gros camion en bois, si quelqu'un se l'était pris sur la tête ?

Fanchon était hors d'elle. Fumante et écumante, elle arpentait le salon en agitant les bras comme quelqu'un qui se noie. Gilles secouait la tête, les yeux au ciel, vautré sur le canapé. Un pan rejeté de son peignoir laissait apparaître un sexe mou. Dans un coin, Léo se tenait à carreau en suçotant les pages d'un livre.

– J'arrive mal, on dirait. Qu'est-ce qui s'est passé ? Il y a les pompiers en bas.

– Léo a balancé tous ses jouets par la fenêtre pendant que ce grand con ronflait, complètement défoncé.

– Complètement défoncé, tout de suite ! Je dormais parce que j'étais crevé, parce que j'ai passé la nuit à chercher du boulot.

– Jusqu'à six heures du matin ? Tu te fous de ma gueule ?

– Parfaitement, dans le show-biz on bosse la nuit !

– Show-biz mon cul !

– Merde ! Demande à Fabien !

– Hé, ho, doucement ! C'est vrai que Gilles avait rendez-vous…

– Te mêle pas de ça, toi ! Vous me faites chier, tous les deux !

– Dis donc, si tu t'en occupais un peu plus de ton fils, on n'en serait pas là. T'es toujours partie à droite et à gauche.

– Parce que je bosse moi, figure-toi !

– Pas ce week-end, en tout cas. Madame part à Deauville, avec… comment il s'appelle celui-là ?

– Pauvre con.

– Ça doit très bien lui aller !

– Je préfère me casser. Je repasserai reprendre Léo dimanche soir, vers huit heures.

– C'est ça, bon voyage.

Fanchon arracha son sac, un gros sac mou rempli d'on ne sait quoi qui ne la quittait jamais. Elle serra son fils sur son cœur, l'englua de gros poutous et quitta l'appartement sans un mot, sans un regard. Gilles, Léo et Fabien comptèrent : 4e, 3e, 2e… et se précipitèrent à la fenêtre. Fanchon sortit au même moment de l'immeuble. Léo hurla en agitant la main : « Maman ! Voir maman ! » Fanchon hésita à lui envoyer un baiser, Gilles et Fabien risquaient d'en profiter aussi. Elle se fendit d'un gribouillis du bout des doigts et d'un sourire crispé. Puis elle s'engouffra dans une petite voiture rouge conduite par un gros type de même couleur. Gilles fit mine de s'éponger le front.

– T'as vu, ce matin, quand je suis rentré, j'étais en pleine forme… Après, c'est vrai, j'ai eu un coup de pompe dans l'après-midi. Une nuit blanche, maintenant, on n'a plus vingt ans, quoi... Et ce petit couillon en a profité pour... T'as compris, Léo, pas jeter les choses par la fenêtre ! Crier, cracher, si tu veux, mais pas les choses !

– Papa ! Papa ! Gros nissons, gros nissons !

Comme un seul homme, ils se penchèrent pour regarder «Gros nichons», la pharmacienne, fermer sa boutique. Elle leur fit un sourire en les apercevant et s'en alla sur le boulevard en se dandinant comme une grosse poule, leurs trois regards dardés sur sa croupe.

– On va manger de bonne heure ce soir, il y a *les Sept Mercenaires* à la télé.

– Je ne serai pas là, ce soir.

– Ah bon ! Un rencard ?

– Euh... oui. Je ne rentrerai pas tard.

– Comme tu veux, mon vieux. T'es libre.

Je suis dans une sorte de cafétéria, un self, Formica et néon, des gens avec des plateaux. J'attends depuis longtemps, je suis énervé. Le type vient s'asseoir à ma table. Je ne le connais pas mais je sais que c'est lui, je sais que je le hais. Il me dit quelque chose comme : « Vous savez ce que vous avez à faire ? » ou bien : « Vous devez le faire. » Je distingue mal ses mots mélangés aux cliquetis des couverts. Il se lève brusquement et traverse la salle en courant, bousculant les gens et renversant des chaises sur son passage. Je me précipite à sa poursuite. Quelqu'un s'exclame : « Ils sont pas bien ces deux-là ! » Dehors, je le vois prendre une rue à gauche. Il doit être à cent mètres devant moi. Il court vite, j'ai du mal à le suivre. La ville m'est inconnue, un port peut-être parce que tout est recouvert d'une épaisse couche de sel que le soleil fait fondre par endroits. Il y a du monde dans les rues. C'est peut-être un jour de fête. Le trottoir est terriblement glissant à cause du sel fondu et il est difficile d'évoluer dans la foule parfois très dense. J'y passerai le restant de ma vie s'il le faut, mais j'aurai sa peau. Il doit sentir ma détermination, il donne tout ce qu'il peut. Je le vois buter sur une poubelle, tomber, rouler et se relever avec une incroyable agilité. J'ai quand même gagné quelques mètres. Impitoyable, j'évince du coude ou du pied tout obstacle qui se trouve sur ma trajectoire, infirme, landau, chien ou chat. J'ai les poumons en feu, les yeux hors de la tête. Le sang pulse à mes oreilles, boum! boum!... Je vais l'énucléer avec mes ongles, lui planter mes dents dans la gorge... Nous arrivons devant une grande artère. La circulation est intense, les voitures roulent vite, démarrant par rafales au feu vert. Il hésite, s'élance, évite de justesse un bus, une moto mais se fait happer par un gros camion rouge. Coups de frein, de klaxon. Merde! Il se relève, continue en boitant. À mon tour je plonge dans la mêlée, je suis sûr de l'avoir. Une calandre de requin aux dents chromées bondit sur moi, énorme...

Fabien ouvrit les yeux, mâchoires bloquées, muscles tétanisés, souffle coupé. L'air de la chambre lui emplissait la bouche comme de la poussière de craie, de craie bleue. Les lapins sur le mur le fixaient en grimaçant. Les peluches de Léo pesaient sur ses jambes comme des bêtes mortes. Au-dessus de sa tête, le mobile que son bras avait dû heurter agitait sa couronne de vilains petits canards. Une lame de lumière jaune trancha soudain l'obscurité. La silhouette de Gilles se découpa dans l'encadrement de la porte.

– Ça va pas ? T'as fait un cauch... mais qu'est-ce que tu fous avec ça sur la tête ?

Fabien sentit sous ses doigts le contact de cheveux qui ne lui appartenaient pas, secs, ficelle.

– Tu portes une perruque pour dormir ?

– Non… C'est… J'ai acheté ça pour faire une farce à Léo.

– Ah.

– Je me suis endormi avec, c'est idiot. J'ai fait un mauvais rêve, retourne te coucher, ça va.

– Bon, eh bien, à demain.

Quelques heures plus tôt, alors que Gilles initiait son fils aux *Sept Mercenaires*, Fabien gravissait les escaliers du 45, rue Charlot, une jacinthe bleue entourée de papier cristal entre les mains. La plante en pot lui avait semblé le top du camouflage. À sa connaissance, jamais on n'avait arrêté de cambrioleur porteur de fleur de grand-mère. Mais il n'avait rencontré personne. Crocheter la serrure n'avait pas été difficile. C'était un don qu'il tenait de son père, bricoleur et récupérateur patenté. Doucement, il avait refermé la porte derrière lui. Il devait être vingt heures, le jingle du journal télévisé retentissait dans les appartements voisins.

L'entrée sentait l'encaustique, le miel. Le sol était couvert de tomettes rouges inégales, le plafond strié de poutres brunes, les murs peints en crépi blanc façon campagne à Paris. Meubles rustiques, tapis de coco, laine écrue sur le canapé et tendue devant les fenêtres, vieux bois, vieux cuivre, vieux cuir. Le tout briqué, étincelant, confortable mais d'un ennui mortel. Il posa son pot de jacinthe sur la table de la cuisine et ouvrit le frigo. Des plats préparés surgelés étaient empilés comme des briques dans le compartiment congélateur. Là non plus, il n'y avait pas de quoi se tordre de rire. Seule trace de vie, un reste de ratatouille dans un plat en terre recouvert d'un film plastique. Il y goûta et la trouva excellente, chaque légume revenu séparément selon la recette traditionnelle. Cette subtilité culinaire ne venait vraisemblablement pas de Martine mais plutôt de Madeleine. Deux couverts séchant dans l'égouttoir lui confirmèrent la présence de cette dernière la veille au soir. Il avala une grande rasade d'une bouteille de sancerre entamée et se rendit dans le salon où il essaya différents fauteuils. Il n'était bien nulle part. Il déplaça le canapé, la table, les chaises, puis le tapis, inclina les abat-jour jusqu'à ce qu'il se sente à peu près chez lui. Bien sûr, pour être tout à fait à l'aise, il aurait fallu balancer certains bibelots, telle cette série de pichets en étain ridicule ou cette bassinoire de cuivre martelé qui lui faisait penser à la comtoise de son père, sans parler des croûtes innommables, paysages d'automne et autre biche au bois qui hurlaient sur les murs. À vrai dire, il aurait fallu tout refaire. Dans la chambre, il souleva le rideau et aperçut Le Celtic, fermé à cette heure. Avec un peu de concentration, il aurait presque pu se voir, attablé devant un café, les yeux levés vers la fenêtre. Ça le fit sourire. Une bouffée de parfum fade se dégagea de la penderie lorsqu'il l'ouvrit. Du beige, du beige et parfois du bleu, des vêtements qui tendaient à l'invisibilité. Les bras en croix, il se laissa tomber sur le lit gonflé comme une brioche d'une couette de bonne qualité.

C'était grisant de se rouler dans la vie des autres. Toutes les autres vies, n'importe laquelle. Il s'endormit en rêvant qu'il était au BHV avec Martine et choisissait une nouvelle couleur pour repeindre le salon. Il faisait nuit noire quand il ouvrit les yeux. Les chiffres carrés du radio-réveil indiquaient 22 h 47. Pendant un instant il se demanda où il était. Ailleurs, comme d'habitude. Il alla pisser et reconnut avec émotion le papier hygiénique que Martine avait acheté au Monoprix. L'envie d'un petit rab de ratatouille le poussa jusqu'à la cuisine. Tandis qu'il finissait le plat, arrosé de sancerre, Fabien se fit la remarque que nulle part il n'avait trouvé trace d'homme, pas une cendre de cigare, pas un cheveu sur un peigne, pas une rognure d'ongle de Martial Arnoult. Après avoir lavé le plat et déposé la bouteille vide à côté du frigo, il se mit à fouiller les tiroirs d'un petit bureau qui devait servir à ranger des papiers. Au milieu de tout un tas de factures, quittances, relevés bancaires, il tomba sur une carte de VRP au nom de Martial Arnoult. Il vendait des serres, de la poterie, du matériel d'horticulture, l'amant de Sylvie ; et portait une moustache. Brun, mâchoires carrées, gros sourcils, une gueule à raconter des histoires rigolotes en fin de repas. Un brave représentant. Fabien fut touché par son sourire d'homme qui ne sait pas qu'il va mourir. Il aurait eu cinquante ans le mois prochain.

Fabien était rentré à pied chez Gilles, il faisait très doux, personne ne semblait pressé d'aller se coucher, on avait envie de siroter la nuit à petites gorgées. Sur le Pont-Neuf, il envia un couple de touristes qui vraisemblablement découvraient Paris pour la première fois. Il aurait tout donné pour voir quelque chose pour la première fois. Gilles et Léo dormaient dans les bras l'un de l'autre, en boule sur le canapé. On aurait dit des chiens dans un panier.

Fabien avait éteint la télé et s'était allongé sur son lit tout habillé, la perruque sur la tête.

– À Majorque ? Mais qu'est-ce que tu vas foutre à Majorque ?

– Je sais pas… Le soleil, la mer, les vacances, comme tout le monde.

– Le soleil, la mer… mais t'as horreur des voyages ! Quand tu vas en banlieue, c'est tout juste si tu n'emportes pas de verroterie pour les indigènes. T'es bizarre en ce moment, tu vas, tu viens, tiens, cette histoire de perruque l'autre jour… Je ne t'ai rien dit mais…

– Justement, j'ai besoin de changer d'air. Dix jours, c'est pas le bout du monde. Tu ne vas quand même pas me faire une scène de ménage !

– C'est pas ça, mais… Fanchon qui prend Léo pour le mois, toi qui fous le camp à Majorque, qu'est-ce que je vais glander tout seul ici ?

Cette sensation d'abandon, Fabien l'avait ressentie le matin même alors que le patron du Celtic annonçait à sa clientèle qu'il allait fermer pour les vacances et qu'il était sacrément content de retrouver son Aveyron. Loulou en avait les larmes aux yeux de devoir s'expatrier trente jours dans un autre rade. Qu'est-ce qu'il en avait à foutre de ces connes de vacances ? Le patron était en train de lui offrir une tournée pour se faire pardonner, quand Martine et Madeleine sortirent du 45.

Désemparé, Fabien les suivit comme un môme qui vient de lâcher la ficelle de son ballon, jusqu'à la rue de Turbigo où elles entrèrent dans une agence de voyages. Caché derrière le cocotier d'une affiche vantant l'incomparable beauté des Seychelles, il attendit qu'elles sortent pour se ruer à son tour dans l'agence où il commanda, comme dans un restaurant : « La même chose que les deux dames. » Il s'agissait d'un séjour de dix jours à l'hôtel Los Pinos, Cala San Vincente, à Majorque. Le départ était pour dans deux jours.

Ces deux jours, il les passa à regretter son audace et à supporter les sarcasmes de Gilles devant qui il essayait maillots de bain et vêtements légers.

– Et l'appareil photo ? Tu l'as pas, l'appareil photo, un vrai touriste a toujours un appareil photo.

– Gilles, ta gueule.

Puis ce fut le jour J. Il refusa que Gilles l'accompagne à l'aéroport, de peur de se faire remarquer. Ni à l'enregistrement des bagages, ni devant la porte F où il attendait d'embarquer au milieu d'une foule énervée, il ne vit les deux femmes. L'heure tournait et il commençait à se tricoter un scénario parano sur mesure du genre : « La gonzesse de l'agence m'a trouvé suspect. Elle m'a envoyé aux antipodes de Martine et de Madeleine. Elle avait une tronche de féministe. Merde ! Qu'est-ce que je vais foutre pendant dix jours dans ce putain d'hôtel à la con sur cette foutue île ? » Elles arrivèrent au moment où il était sur le point de renoncer.

Avec sa nouvelle coupe de cheveux (qui avait fait hurler Gilles de rire) et le regard masqué par des lunettes noires, il se sentait Peter Brady. Durant le voyage, il se rendit deux fois aux toilettes afin de voir s'il n'attirait pas l'attention des deux femmes. Même entouré de bandelettes, il n'aurait pas été plus invisible à leurs yeux. D'un côté, il s'en félicita, mais d'un autre, il en fut un peu vexé. Il ne fallait pas non plus que son anonymat dure trop longtemps. Gilles avait peut-être raison, cette nouvelle coiffure ne lui allait pas du tout. Il n'arrêta pas de se passer la main sur la tête pendant tout le reste du voyage.

À Palma, la chaleur lui fit l'effet d'un sèche-cheveux braqué sur le visage. Et dans le car qui les conduisit jusqu'à l'hôtel, à une cinquantaine de kilomètres au nord de l'île, la clim montée au maximum transformait la sueur en glaçons. Si bien qu'à neuf heures du soir, Fabien commandait de l'aspirine au room-service et ne se rendit pas au restaurant de l'hôtel. La fièvre ne baissa qu'au troisième jour.

La plupart des gens qui étaient arrivés en même temps que lui avaient déjà pris de belles couleurs et des attitudes de vieux habitués. Certains s'appelaient par leurs prénoms, d'autres échangeaient des idées d'excursions ou des adresses de restaurants. Fabien avait l'impression d'arriver au milieu d'un film, surtout sur la plage, quand il dut arpenter le sable brûlant, bronzé comme un bidet, sous les regards goguenards des crétins rissolés. Il trouva une place pour étaler sa serviette tout au bout, contre les rochers. On ne pouvait pas aller plus loin. Il lui fallut un certain temps pour reconnaître Martine et Madeleine. Les gens nus qui sortent de l'eau se ressemblent tous. Martine était mieux foutue qu'on aurait pu le penser, vaguement androgyne, quant à Madeleine, elle tenait fermement sa cinquantaine. Elles n'étaient installées qu'à une dizaine de mètres de lui. Fabien chercha mille et un prétextes pour les aborder, mais il y renonça très vite. La plage n'était pas un lieu qui le mettait en valeur. Mieux valait rester discret, attendre la nuit, le restaurant de l'hôtel par exemple, pour se montrer sous son meilleur jour. Il n'avait jamais su comment se tenir sur une plage. Aucune position ne lui convenait, ni assis, ni sur le ventre, ni sur le dos. L'eau ne l'attirait pas particulièrement, il s'y emmerdait autant que sur le sable, mais la chaleur devenait vraiment insupportable.

Il évita de justesse un frisbee et un ballon de volley avant de plonger dans les vagues. La mer était tiède, transparente comme dans la plus fausse des pubs. Il commença à nager droit devant lui, en barattant l'eau de toutes ses forces comme s'il voulait s'échapper. Dix minutes plus tard, il était à bout de souffle et constatait avec stupeur la distance qui le séparait du rivage. Il n'y avait personne autour de lui, à part quelques voiliers au large. La panique commençait à lui faire ressentir des crampes dans ses mollets, dans son dos. Quelle idée de nager aussi loin après trois jours de fièvre ! Une fraction de seconde, il songea à tout laisser tomber, c'est-à-dire, lui. La noyade pure et simple, le retour au grand rien, si paisible, dit-on. Mais son corps ne semblait pas prêt à cette sieste céleste, ses jambes et ses bras entamèrent une brasse prudente vers la plage. Il avait l'impression de faire du surplace et que des cartouches entières de cigarettes s'échappaient de ses poumons. L'eau salée et les copeaux de soleil en fusion lui brûlaient les yeux. Il lui fallait faire des prouesses d'optimisme pour voir la côte se rapprocher. Une vague somnolence commençait à lui troubler l'esprit. C'était quoi, ce gros machin blanc qui flottait devant lui ?

– Ça ne va pas, monsieur ? Accrochez-vous au flotteur… Là ! vous y êtes !

Madeleine et Martine le fixaient par-dessus leurs lunettes du haut du pédalo.

Il avait failli perdre la vie, soit, mais jamais il n'aurait pu, même dans ses combinaisons les plus machiavéliques, imaginer meilleur prétexte pour se retrouver à leur table. Il fallait laisser faire la vie, elle se chargeait de tout et réalisait les souhaits au-delà de toute espérance. L'authenticité de son naufrage, la façon dont il s'était échoué sur la plage comme une grosse méduse tremblotante, ne risquait en aucun cas d'éveiller le moindre soupçon chez les deux femmes. Au contraire, elles en tiraient une certaine fierté et il sentait déjà poindre, dans leurs regards, une légère touche d'affection maternelle à son égard.

– C'est du champagne espagnol, mais c'est tout ce qu'ils ont. Alors… à mes deux sauveteuses !

– N'exagérons rien, à votre santé !

Le champagne était dégueulasse mais tous trois le trouvèrent « pas si mal que ça ». Oui, il était bien venu dans le même avion qu'elles (Madeleine l'avait remarqué, son visage lui disait quelque chose) mais s'il ne s'était pas encore rendu sur la plage, c'est qu'il avait dû garder la chambre trois jours à cause de la clim dans le car. Décidément, il n'avait pas de chance. Mais si ! puisque cela lui avait permis de faire leur connaissance. Sourires polis, yeux baissés et gorgée de champagne. Il n'aurait pas dû s'endormir sur la plage après son retour à la vie, son coup de soleil ne le faisait-il pas trop souffrir ? Pas le moins du monde ! Et pourtant, la claque majuscule qui lui donnait ce curieux bronzage vanille-fraise le cuisait atrocement.

– Vous devriez mettre de la crème.

– Je n'en ai pas. J'en achèterai demain. Les hommes seuls, vous savez…

– Vous êtes célibataire ?

– Veuf.

– Ah.

Les deux femmes échangèrent un bref regard et Fabien se mordit l'intérieur de la joue. C'était un peu rapide. Par bonheur on leur apporta les calamars *a la plancha* et la conversation reprit un ton plus léger. Martine avait une drôle de petite voix qui faisait penser à un enfant apprenant à jouer du pipeau. Mais on l'entendait rarement, Madeleine se chargeant de nourrir presque à elle seule la conversation. Elle avait le don de terminer toutes ses phrases par des points d'interrogation, dangereux hameçons qui obligeaient Fabien à des contorsions cérébrales afin de ne pas y mordre. Mine de rien, il subissait un interrogatoire en règle. Mais mis à part son nom de famille qu'il avait changé en « Descombes », il avait réussi à esquiver les questions les plus indiscrètes sans s'emberlificoter dans des mensonges qui, à la longue, auraient pu le trahir. L'exercice était aussi périlleux qu'épuisant, Madeleine faisant preuve d'une perspicacité redoutable. Mais par un savant dosage de gaucherie masculine qui pouvait passer pour une sympathique timidité et de quelques bons mots placés à bon escient, il finit par gagner sa confiance et allumer dans les yeux pâles de Martine une lueur d'intérêt qui lui fit penser à une goutte d'essence irisant une flaque d'eau. Il sut qu'il avait réussi son examen de passage quand Madeleine lui proposa de les accompagner le lendemain à Valldemossa, charmante bourgade fleurie dans la montagne. Madeleine avait retenu une voiture pour neuf heures.

– Neuf heures ? Parfait. Eh bien à demain, et merci pour cette charmante soirée.

– Merci pour le champagne !

En arrivant dans sa chambre, Fabien était vidé comme s'il avait couru un marathon. Il se fit monter deux grands gin tonics qu'il vida coup sur coup pour se calmer les nerfs. Il s'allongea sur le dos, les bras croisés sur sa poitrine, et sombra dans un sommeil de momie.

Ils visitèrent Valldemossa et, les jours suivants, les grottes d'Arta, la verrerie de Gordiola, le cap Formentor, la cathédrale de Palma, etc. Mais toujours à trois. Les seuls moments où Fabien pouvait être en tête à tête avec Martine ne duraient jamais plus qu'un aller-retour de Madeleine aux toilettes. Insuffisant pour créer une véritable intimité. Mais était-ce possible d'y parvenir ? Elle ne semblait pas avoir de vie propre. Tout ce qu'elle disait, ce qu'elle faisait lui était soufflé par son amie. À tel point que Fabien avait parfois l'impression d'être en compagnie d'une ventriloque et de sa poupée. Il fallait jouer serré, ne pas trop appuyer ses regards sur Martine, ni retenir sa main lorsqu'ils se séparaient sans pour cela feindre l'indifférence. Madeleine était trop fine et il eût été maladroit de la faire passer pour une imbécile. Au contraire, il lui fallait établir avec elle une sorte de complicité de bon aloi. Bref, il devait séduire l'une pour atteindre l'autre. Jusqu'au jour où Madeleine se foula la cheville en descendant la passerelle d'un bateau. Elle ne put plus quitter sa chambre que pour s'installer dans une chaise longue sur la terrasse de l'hôtel. Martine et Fabien passaient leurs journées à la plage à ne rien se dire, étendus l'un à côté de l'autre. Ce n'était peut-être pas captivant mais, après toutes ces excursions, Fabien éprouvait un certain bien-être auprès de la jeune femme. Et puis, à présent ils avaient quelque chose en commun : l'absence de Madeleine. Ils ressemblaient à n'importe quel couple, vautrés sur leur serviette. C'est même elle qui lui en fit la remarque un jour qu'elle revenait du bar de la plage avec deux glaces :

– Le monsieur du bar vous prend pour mon mari.

– Et vous l'avez détrompé ?

– Non, pourquoi ? Il y a tellement de couples ici, un de plus, un de moins…

– Personnellement ça ne me dérange pas, au contraire, j'en serais assez fier.

– Merci. Il n'y avait plus de pistache, je vous ai pris café.

Au fond, Martine avait une façon très directe de présenter les choses. Quand on la connaissait, on pouvait traduire ce bref échange par : « Oui, quand tu veux. »

C'est à cet instant que les rapports avec Madeleine commencèrent à se détériorer. Peut-être était-ce dû à son invalidité qui la tenait à l'écart, au fait qu'elle ne puisse plus profiter pleinement de son séjour, mais surtout, elle avait du mal à accepter le tour que prenaient les relations entre Martine et Fabien. Ce qui n'était au début qu'un gentil flirt de vacances prenait des allures d'aventure beaucoup plus sérieuse. Même s'il ne s'était encore rien passé entre eux (mais qu'est-ce qu'elle en savait ?), elle sentait que Martine lui échappait. Il leur arrivait de plus en plus souvent d'être en désaccord à propos du choix d'un menu, d'une heure de rendez-vous, d'un avis sur un film qu'elles avaient vu ensemble. De petites choses, mais qui en disaient long. Par ricochet, Madeleine contrait Fabien chaque fois qu'elle le pouvait, ce qui créait de pénibles silences durant les repas. Fabien encaissait, en se disant *in petto* : « Attends un peu, ma vieille, ça ne va pas durer la vie des rats. Tu secoues ton propre cocotier. » Il avait raison. Plus Madeleine se montrait désagréable, plus Martine basculait dans le camp de Fabien. Si bien qu'un soir, à la fin du dîner, elle lui proposa d'aller danser.

– Tu danses, toi, maintenant ?

– J'ai envie.

– Sympa ! Et moi, je fais quoi ?

– Martine, c'est vrai que ce n'est pas bien de laisser Madeleine…

– Elle n'aime pas danser. N'est-ce pas, Madeleine ?

– C'est vrai. Mais toi non plus, du moins jusqu'à ce soir.

– Ben oui, mais ce soir j'ai envie. On y va ?

Fabien s'était levé en bredouillant des excuses que Madeleine avait chassées comme des mouches d'un revers de main.

L'orchestre se composait d'un organiste chauve portant un smoking éreinté, d'une chanteuse blond platine moulée dans un fourreau lamé qui tenait plus de la couverture de survie que de la robe et d'un bassiste avachi et avare de notes. Quatre ou cinq couples ondulaient au bord de la piscine, des personnes âgées surtout ou bien un papa avec sa petite fille. Le répertoire était terriblement désuet, de vieux standards des années cinquante remis au goût du jour par des sonorités électroniques plus ou moins bienvenues. Par bonheur, il n'y avait presque que des slows, et Fabien pouvait tenir Martine dans ses bras sans se couvrir de ridicule.

– Nous n'avons pas été très gentils avec Madeleine.

– Elle s'en remettra. Elle est chiante en ce moment, non ?

– C'est à cause de sa cheville. Ce n'est pas de chance.

– Oui, peut-être, mais elle est chiante. Elle veut toujours tout diriger, elle sait tout mieux que les autres. Des fois, elle me casse les pieds.

– Vous vous connaissez depuis longtemps ?

– Six ou sept ans.

– J'aurais pensé plus. On dirait que vous êtes de la même famille.

– C'est presque ça. Nous avons été mariées au même homme.

– Ce n'est pas banal ça. Vous ne voulez pas qu'on aille s'asseoir ?

La sangria avait un goût de rouge à lèvres mais elle était fraîche et il y en avait un grand pot. Il fallait bien ça pour faire passer cette révélation.

– Oui, Madeleine était la première femme de Martial. C'est elle qui me l'a présenté.

– Et elle est restée votre amie ? Elle ne vous en a pas voulu ?

– À moi, non, à Martial, oui.

– Mais Martial, je veux dire votre mari, qu'est-ce qu'il en pense de tout ça ?

– Rien. Il est mort il y a deux mois dans un accident de voiture. Je suis veuve, moi aussi, c'est drôle, non ?

– Ça, pour être drôle !

– Et votre femme, elle est morte quand ?

– Il y a trois ans, un cancer.

– C'est moche. Vous l'aimiez beaucoup ?

– Euh… oui, sans doute.

– Eh bien maintenant on est seuls, tous les deux.

C'était la première fois qu'il la voyait sourire. Pour quelqu'un qui ne pratiquait pas, elle ne se débrouillait pas si mal. Fabien avait envie d'éclater de rire, de rire à en disperser les étoiles. Ce vieux Martial était impayable. Quel talent ! Toutes les pièces de ce puzzle vaudevillesque s'emboîtaient parfaitement les unes dans les autres; tous étaient interchangeables, personne n'était indispensable. L'important était que la machine tourne, la vie se chargeait de remplacer les rouages défectueux. Il y avait quelque chose de mystique dans cette révélation, une sensation d'harmonie parfaite qui ne laissait nulle place au hasard. Jusqu'à cet orchestre, jusqu'à ces figurants cacochymes enlacés sur la piste de danse, jusqu'aux reflets turquoise de la piscine, tout était en ordre.

– Pourquoi riez-vous?

– Parce que je suis bien, pas vous?

– Si. On recommande de la sangria?

Ça n'avait rien à voir avec la gueule de bois, même si dans les pays chauds elle pèse plus lourd qu'ailleurs. Coupable. Il se sentait coupable, mais sans savoir de quoi. Tout en retardant le moment de se lever, les bras en croix sur le lit dévasté et plein de sable, il tentait vainement de démêler le paquet de nœuds qui lui servait de pensées. Ils avaient beaucoup bu. Après le dancing il se souvenait être rentré par la plage. Ils étaient tombés plusieurs fois. Il n'y avait plus ni haut ni bas. La bouche pleine de sable et d'étoiles, il lui disait qu'ils étaient dans une grande roue mue par des mains gigantesques et qui ne s'arrêtait jamais de tourner. Martine riait. Vu l'état de son pantalon, ils avaient dû patauger dans l'eau. Martine avait trouvé un bonnet de bain qu'il avait enfilé et gardé sur sa tête jusqu'à l'hôtel où il avait déconné avec le Mickey triste de la réception. Mais ce n'était pas ça qui le culpabilisait. Les gens de l'hôtel étaient habitués aux frasques des touristes *borrachon*. Non, ça lui était venu plus tard, dans la chambre, en découvrant le corps de Martine.

Il n'avait jamais baisé de blonde. Une fois il avait failli, pendant des vacances aussi, il devait avoir une vingtaine d'années, une Isabelle. Pour lui, l'érotisme, c'était noir, les poils, les porte-jarretelles, etc., comme le diable : noir. La découverte de cette touffe blonde sous la jupe parachute l'avait paralysé, comme s'il allait marcher sur une pelouse interdite. Sous la coque de coton blanc, c'était toute la candeur de l'enfance qu'il allait profaner. Son profond et si inattendu respect avait d'abord étonné puis vexé la fille. Le lendemain, elle sortait avec un gros con de Franck. Ça ne s'était pas passé comme ça cette nuit, au contraire. Il l'avait piétinée la pelouse interdite, labourée avec une fureur dont il ne se croyait pas capable. Martine se laissait faire, pareille à une noyée, aucun son ne sortait de sa bouche entrouverte, pas la moindre étincelle de plaisir dans ses yeux. L'entreprise se révélait aussi vaine que de vouloir gonfler la voûte céleste avec une pompe à vélo, mais c'était précisément ce qui excitait Fabien à en perdre la raison. « Je tue la mort, bordel de merde ! Je tue la mort ! » Et s'il ne s'était pas retenu *in extremis*, il aurait certainement pu la tuer, l'étrangler, l'étouffer, la rouer de coups. Il avait joui trois fois et c'étaient les remugles de ce plaisir inconnu de lui jusqu'alors qui le plongeaient dans un si troublant malaise. Il dut faire un gros effort pour s'arracher du lit et foncer sous la douche.

Madeleine était seule devant les restes d'un petit déjeuner. Malgré ses lunettes noires, Fabien avait du mal à supporter l'éclat du soleil sur les murets chaulés qui bordaient la terrasse. Elle l'accueillit en souriant.

– Bonjour, ça va ?

– Il est encore un peu tôt pour vous répondre.

– Je vois. Thé ou café ?

La première gorgée de café lui donna instantanément envie de gerber.

– Un petit pain ?

– Non, merci.

Il y avait quelque chose de louche dans l'attitude de Madeleine, toute cette sollicitude, ce petit sourire en coin ne laissait rien présager de bon.

– Martine n'est pas encore descendue ?

– Si. Elle est déjà partie à la plage. Vous êtes sûr que vous ne voulez pas manger quelque chose, un fruit, ça vous ferait du bien.

Elle ressemblait à la sorcière de Blanche-Neige avec sa pomme dans la main.

– Non, rien du tout.

– Bon. Eh bien, j'espère que vous allez nous foutre la paix, maintenant.

– Pardon ?

– Oui, maintenant que vous avez obtenu ce que vous vouliez et que les vacances sont finies, vous allez disparaître, n'est-ce pas ?

– Excusez-moi, je ne vous suis pas très bien.

– L'alcool ne vous réussit pas, vous avez l'esprit plus vif d'habitude. En clair, vous ne comptez pas poursuivre votre aventure avec Martine ?

– Je ne vois pas en quoi ça vous regarde. Martine est majeure.

Un frisson parcourut les lèvres de Madeleine.

– Bien sûr, et vous aussi, du moins je l'espère. Écoutez, Martine vient de traverser une mauvaise passe récemment. Son mari est…

– Décédé dans un accident de voiture.

– Ah… elle vous a dit ?

– Oui. Elle m'a aussi dit que vous étiez l'ex-femme de son défunt mari. Personnellement, ça m'est complètement égal.

– Eh bien, si vous êtes aussi large d'esprit, vous allez peut-être me comprendre. Martine est quelqu'un de très fragile, bien plus que vous ne pouvez l'imaginer. Je la connais depuis longtemps et je l'aime beaucoup. La preuve, c'est que je lui ai conservé toute mon amitié même après que Martial m'eut quittée pour elle. Elle a besoin de moi, de ma protection. Elle est incapable de se défendre seule.

– Mais la défendre de quoi ? Je ne vais pas la bouffer !

– Fabien, je vous observe depuis un bon moment. Vous n'êtes pas clair. Vous n'êtes pas ce que vous dites être. Si vous n'étiez qu'un banal dragueur de vacances, vous auriez déjà couché avec Martine depuis longtemps. Vous êtes trop habile. Je suis sûre de vous avoir déjà vu quelque part, dès le premier jour j'en étais sûre.

– Vous dites n'importe quoi. Vous êtes malade de jalousie, voilà tout.

– Oui, et après ? Je ne pense pas que vous puissiez comprendre ça. C'est un sentiment que vous ne connaîtrez jamais. Vous avez le cœur ridé. Je ne vous aime pas. Je ne vous laisserai pas faire.

– Mais faire quoi, Bon Dieu ?

– Je ne sais pas, pas encore.

– C'est dommage, Madeleine ; moi, je vous aime bien.

– Laissez tomber alors.

Fabien ne répondit pas. Cette femme semblait le connaître mieux qu'il ne se connaissait lui-même. Elle devançait des projets qu'il ne s'était pas encore formulés. Ses pulsions criminelles de la nuit lui revinrent comme une brusque poussée de fièvre. Il n'y avait plus personne sur la terrasse chauffée à blanc.

– Vous vous êtes engueulées ce matin ?

– Je lui ai dit ce que j'en pensais.

– Et elle vous a envoyé chier.

– Oui.

– C'est qu'elle n'est pas si fragile que ça. Vous permettez, j'ai du courrier à faire. À plus tard.

Les deux jours qui précédèrent le départ furent orageux. La mer se gonflait d'énormes vagues qui venaient gifler les rochers. La baignade était interdite et aucun bateau ne pouvait sortir du port. Sans le soleil, la petite ville était encore plus triste que les faubourgs de Saint-Nazaire en novembre. Les touristes égarés en casquette et K-Way traînaient de boutiques à souvenirs en bistrots-restaurants. Il y avait quelque chose d'oppressant dans l'air, comme quand le métro s'arrête entre deux stations. Même le pain, à table, était mou. Martine, Madeleine et Fabien n'échangèrent plus que des banalités lorsqu'ils étaient ensemble, ce qui était rare, il y en avait toujours un sur les trois qui restait dans sa chambre. Martine n'était pas revenue dans celle de Fabien. Tout portait à croire que l'ex-épouse de Martial avait repris les choses en main. Elle semblait sûre de son fait, se permettait même quelques plaisanteries à propos de leur idylle. Fabien lui aurait bien enfoncé la gueule à coups de talons dans une bouche d'égout mais il s'efforçait de ne laisser transparaître qu'une digne mélancolie. Il en fut

ainsi jusqu'à Orly. Il croyait bien avoir perdu défi-
nitivement la partie quand, au moment de se sépa-
rer, il sentit Martine lui glisser un morceau de
papier dans la poche.

– Eh bien voilà, les meilleures choses ont une fin.
Adieu, Fabien.

– Au revoir, Madeleine, j'ai été ravi de vous
connaître. Au revoir, Martine.

Elles partirent d'un côté, lui de l'autre. Sans même
ouvrir le papier, Fabien savait très bien ce qu'il allait
y lire : « 45, rue Charlot » et un numéro de téléphone.

Il avait l'impression d'être parti très longtemps.
De nouvelles affiches couvraient les murs de Paris,
de nouveaux films, de nouvelles publicités. On croi-
sait des gens en short et d'autres déjà vêtus de
velours et de lainages. Des taches de rouille commençaient à apparaître dans le feuillage des platanes.
On sentait poindre dans l'air comme une odeur de
cartable neuf. Des années qu'il n'avait pas vu Paris
sous cet angle. Ça valait le coup de partir, rien que
pour revenir. Il grimpa quatre à quatre les escaliers
de chez Gilles en sifflotant *Revoir Paris*.

– Ah te voilà ! Putain, le bronzage ! Tu vas pouvoir te taper Laure, t'as l'air d'un vrai surfer californien !

– Comment tu vas ?

– Bien, bien. Sans déconner, t'as l'air en pleine
forme.

– Léo n'est pas là ?

– Non, je vais le chercher tout à l'heure, on va au restau.

– Super ! Je vais avec vous.

– Euh… c'est qu'on y va avec Fanchon, en famille, tu vois ?

– Ah bon. Vous vous êtes rabibochés ?

– Un peu… Mais chacun chez soi ! C'est pour le gosse que c'est mieux. Enfin je t'expliquerai. Mais toi, alors, raconte ?

Ils s'accoudèrent à la fenêtre et Fabien dévida tout un chapelet de carte postale, les paysages, la mer, le soleil, pimenté d'anecdotes telles que son sauvetage en mer. Il évoqua les deux femmes, mais sans leur accorder plus d'importance que le prix de la paella ou les doses impressionnantes de Ricard qu'on servait dans les rades.

– Mais tu t'es quand même fait une des deux gonzesses ?

– Oui, comme ça.

– T'as bien fait. Je commençais à me faire du mouron pour toi avant que tu partes. T'étais vraiment bizarre. Enfin ça y est, t'es reparti du bon pied. Moi aussi j'ai pris de bonnes résolutions de rentrée des classes. La défonce, tout ça, je lève le pied. Fanchon s'est calmée, bref, marre des conneries… Dis donc ! Faut que je me casse. Il doit rester du poulet dans le frigo. Ah, si jamais je ne rentre pas cette nuit, c'est que je serai resté chez Fanchon. À plus.

Fabien était un peu déçu. Le ménage était fait, les jouets de Léo rangés dans trois caisses de plastique rouge, bleu et jaune, aucun vêtement ne traînait sur les lits. Gilles avait jeté l'éponge. Fabien prit une douche, but un verre de vin et téléphona au numéro inscrit sur le papier.

– Martine ?

– Oui.

– C'est moi. Tu es seule ?

– Non.

– Et demain ?

– Deux heures. D'accord ?

– D'accord.

Ils ne s'étaient même pas dit « au revoir » ou « je t'embrasse ». Fabien avait fini la bouteille de vin en grignotant le poulet froid devant la télé. C'était un film qu'il avait déjà vu.

Gilles était rentré dans la nuit. Le matin, tandis qu'il buvait café sur café pour se remettre les idées en place, il avait raconté sa soirée à Fabien. Au restau avec Léo, tout s'était très bien passé, une vraie petite famille modèle, en rentrant chez Fanchon, toujours beau fixe, mais après avoir fait l'amour comme des dieux, sans savoir trop comment, ils en étaient revenus à parler pognon et là :

– Faut quand même pas déconner ! Elle vient de s'acheter un bureau à cinq mille balles et elle m'en réclame trois mille pour Léo ! Et c'est moi qui avais payé le restau !

Fabien était content de retrouver son copain en peignoir, les cheveux hirsutes, aux prises avec ses problèmes de fric et de couple. Il se sentait à nouveau chez lui. S'il n'avait pas eu ce rencard avec

Martine, il aurait volontiers passé la journée à jouer aux Lego avec lui.

Le Celtic était ouvert. Fabien s'y arrêta le temps d'un café au comptoir. Loulou avait repris son poste pour onze mois, accroché tel un parapluie au bord du zinc. Il lui serra la main comme à un vieux pote et le patron se sentit obligé d'en faire autant. Parfaitement à l'aise, il échangea quelques mots à propos des vacances, du soleil, et conclut en payant sa consommation par la formule magique de son père : « Quand faut y aller, faut y aller. » Cette sensation d'être exactement là où il fallait le rendait euphorique. Il grimpa les escaliers du 45 en danseuse.

Martine l'accueillit avec un pâle sourire. Il fit le tour de l'appartement, feignant de le découvrir pour la première fois. Les meubles avaient repris leur disposition d'origine. Il ne subsistait de son passage que le pot de jacinthe, aujourd'hui fanée, posé par terre à côté de la poubelle. Elle lui proposa un café qu'ils burent dans la cuisine, sans trop savoir quoi se dire. Ils laissèrent le désir monter en eux comme une sorte de fatalité et, juste avant qu'il ne déborde, elle l'entraîna dans la chambre. Les rideaux tirés laissaient filtrer une lumière d'eau trouble dans laquelle ils se débattaient, aux prises avec leurs vêtements comme des algues. Cette espèce de frénésie désespérée qu'il avait ressentie la première fois lui revint de plein fouet, avec plus d'intensité peut-être. Tour à tour, les visages de Sylvie, de Martial, de Madeleine, et d'autres, plus lointains encore, s'allumaient dans sa tête comme des lampions au point qu'il avait l'impression de participer à une partouze morbide, de patauger dans le sang, le sperme et les larmes. Il lui fallait aller toujours plus loin, fouiller plus profondément les entrailles de ces corps qui s'ouvraient devant lui comme les carcasses de Soutine ou celles de Bacon. C'était à y perdre le souffle, il n'y avait pas de fond, il ne sortirait plus jamais de ce labyrinthe de boyaux, jamais…

L'eau de la douche ne parvint pas à le laver. Ses mains étaient imprégnées d'une odeur de vase indélébile. Martine fumait, recroquevillée dans le canapé du salon.

– Je t'ai fait mal ?

– Un peu.

Il s'assit à côté d'elle. Sa cigarette avait un goût de pourri.

– Tu devrais reculer le canapé et mettre les deux fauteuils de chaque côté, ce serait mieux.

– C'est drôle ce que tu me dis. Un jour, quelqu'un est venu pendant mon absence. Il avait disposé les meubles comme tu le dis, et laissé un pot de jacinthe sur la table de la cuisine.

– Sans rien voler ?

– Non. Juste un reste de ratatouille et une demi-bouteille de vin. Il avait même fait la vaisselle.

– Bizarre.

– Tu t'en vas ?

– Oui. J'ai rendez-vous à huit heures.

– Ah. Tu reviens quand ?

– Je sais pas. Je téléphonerai.

La rue le fit renaître à la vie. Il avait envie d'embrasser les voitures, les arbres, les passants comme quelqu'un qui vient d'échapper à un terrible danger. Il se promit de ne plus jamais refoutre les pieds au 45.

Les jours qui suivirent, Fabien se réfugia auprès de Léo. Fanchon le leur avait laissé, le temps d'un voyage professionnel. La présence de l'enfant le rassurait, il s'y réchauffait le cœur comme à un soleil d'hiver. Il l'emmenait partout, lui racontait des histoires, lui faisait prendre son bain, lui préparait des soupes maison. Il était devenu son talisman, sa patte de lapin. Gilles trouvait qu'il en faisait un peu trop. Ça finissait par devenir gênant.

– Non, Fabien, non ! Tu lui passes tous ses caprices. J'ai l'air de quoi, moi ?

C'était plus fort que lui. Car si ses jours étaient éclairés par la candeur de l'enfance, chaque nuit le ramenait au tréfonds de lui-même où grouillaient, comme un nœud de vipères, attractions et répulsions. Il émergeait de ces combats nocturnes trempé de sueur, un sale goût dans la bouche. Il se lavait les mains tous les quarts d'heure sans pouvoir les débarrasser de cette odeur de vase.

– Gilles, sens mes mains… Tu ne trouves pas qu'elles puent ?

– Non… Elles sentent les mains.

Et puis Fanchon vint rechercher Léo. Fabien le prit très mal. Il s'enferma dans sa chambre sans vouloir lui dire ni bonjour ni au revoir. Gilles s'en étonna.

– Là je pige pas ! Fanchon est plutôt cool en ce moment. Qu'est-ce qu'elle t'a fait ?

– Rien ! Mais elle est là, « Je prends le gosse, je ramène le gosse », et toi, comme un con, tu ne dis rien, tu laisses faire.

– Mais dis donc, c'est sa mère ! Et je suis son père ! Tu commences à faire chier ! Ça va pas, mon pote, tu devrais consulter. Qu'est-ce qu'il y a qui ne va pas ? Parle-moi !

– Merde, tu ne comprends rien ! Et puis d'ailleurs, j'en ai rien à foutre de vos petites histoires de couple à la con. Je préfère me casser.

Il marchait droit devant lui, sans rien voir, la gorge bloquée par un sanglot qui ne voulait pas sortir. La foule semblait savoir mieux que lui où il se rendait et on aurait dit parfois qu'elle s'épaississait pour l'empêcher d'aller plus loin. Mais lui s'obstinait à remonter le courant, il en tirait même une certaine fierté. Il ne faisait pas partie de tous ceux-là qui rentraient peinards chez eux après le boulot. Plus jamais il ne ferait partie d'aucune famille. Il y avait de la lumière chez Martine.

Elle n'eut pas l'air étonnée de le voir. On n'aurait pas pu dire si elle était contente ou non. Dans le salon, Fabien constata qu'elle avait tiré le canapé et placé les fauteuils comme il le lui avait dit.

– C'est mieux, non ?

– Ça change.

Les restes d'une dînette traînaient sur la table basse devant la télé allumée.

– Qu'est-ce que tu regardais ?

– Je ne sais pas, un reportage sur une guerre. Tu veux boire quelque chose ?

– Un grand scotch si tu as.

Elle apporta une bouteille, un verre et un bol de tisane pour elle. Tandis qu'ils buvaient, la Yougoslavie exhibait sur l'écran ses plaies et ses moignons, ses ruines d'hommes et de villes. Martine avait posé sa main sur sa braguette sans quitter la télé des yeux. Il sentait les ongles crisser sur l'étoffe rugueuse du jean. Une bouffée de chaleur lui monta à la tête. Un commandant serbe souriait en caressant les cheveux d'un enfant. L'alcool lui enflammait la bouche. Le sachet d'infusion dans le bol dégageait une odeur d'hôpital. Son sexe comprimé par sa ceinture lui faisait mal. On entassait des femmes effarées dans des camions devant des hommes agenouillés. Il était au bord de lui quand le téléphone sonna, une fois, deux fois, trois fois. Martine alla décrocher.

– Oui… oui… ce week-end ?… Justement il est là… je lui demande… Fabien, c'est Madeleine, elle nous propose de passer le week-end chez elle, à la campagne.

– Madeleine ? Elle m'invite, moi ?

– Oui, t'es d'accord ou pas ?

– Si ce n'est pas pour m'arracher les yeux, je veux bien.

– Bon, OK. Tu passes nous prendre ici ?… Vendredi, cinq heures… Non, tout va bien… Moi aussi, je t'embrasse.

Fabien se servit un autre verre. Il avait besoin de se tuer les nerfs.

– Elle sait qu'on se revoit ?

– Oui. Je lui ai dit.

– Et… ça la fait pas chier ?

– Faut croire que non. Je ne suis pas mariée avec elle. Je fais ce que je veux.

– D'accord. Mais de là à m'inviter en week-end !

– Elle a peut-être réfléchi. On s'est engueulées l'autre jour à cause de ça. Je lui ai dit que si elle était pas contente, elle avait qu'à plus me voir.

– Et si je n'étais pas revenu ?

– Pourquoi tu ne serais pas revenu ?

– Je ne sais pas. C'est où sa campagne ?

– Du côté de Montbard, en Côte-d'Or. Une belle maison.

Il se laissa faire, sans bouger, sans la caresser et éjacula pendant une pub de Canard-WC.

Une partie de lui dont il se souvenait à peine était restée au Celtic et le regardait monter dans la grosse voiture grise de Madeleine avec un petit pincement au cœur. Martine avait insisté pour qu'il monte à l'avant. Madeleine avait ajouté, avec un soupçon de défi dans la voix : « Vous n'avez quand même pas peur de prendre la place du mort ? » Il avait répondu : « Si », mais s'y était installé quand même. Ils mirent un temps infini à quitter les encombrements. On aurait dit que les voitures allaient se grimper dessus, luisantes sous la pluie, semblables à des blattes sous un évier. La radio annonçait sans conviction des éclaircies pour le lendemain. Madeleine se faufilait entre les véhicules d'une main experte et, arrivée sur l'autoroute, prit de la vitesse en déblayant la file de gauche à coups d'appels de phares.

Fabien était enfoncé dans son siège, jambes tendues, ongles plantés dans le cuir, mâchoires crispées, comme chez le dentiste.

Vers Fontainebleau, le compteur atteignait cent soixante-dix kilomètres-heure.

– C'est quand même drôle que vous ne conduisiez pas.

– J'aime le train. On peut lire.

Martine se pencha entre eux deux.

– Vous pourriez vous tutoyer maintenant, non ?

– Je ne crois pas que ce serait très naturel. Qu'en pensez-vous, Fabien ?

– Je ne sais pas. Comme vous voulez. C'est une façon de se tenir en respect.

Madeleine partit d'un petit rire qui lui fit l'effet de mordre dans un citron. Depuis qu'elle était venue les chercher chez Martine, Fabien se tenait sur ses gardes. Malgré l'amabilité qu'elle affichait, chacun de ses mots résonnait d'un sens inverse. Mais peut être était-ce dû à la conversation qu'il avait eue le matin même avec Gilles. Sans lui révéler qui étaient les deux femmes, Fabien l'avait mis au courant de ses rapports avec elles, espérant ainsi donner des raisons à son humeur variable.

– Ouais… Ben, moi, je te sens pas amoureux. Tu agis comme un junk.

Fabien avait répondu que « tout le monde était accro à quelque chose, alors pourquoi pas lui ? » Mais c'était pour mettre un terme à la conversation car, confusément, il sentait bien que Gilles avait raison et ça lui déplaisait.

– Tu fais comme tu veux, t'es majeur. Elle est où cette baraque ?

– À Planay, un petit bled à côté de Montbard.

– Montbard… C'est dans le nord de la Bourgogne… pas loin de Dijon.

– Je ne sais pas.

Cette précision géographique avait achevé de le mettre mal à l'aise.

En quittant l'autoroute après Tonnerre, Madeleine poussa un soupir et s'étira, bras tendu sur le volant.

– On arrive. Encore une petite demi-heure. J'ai faim, pas vous ?

La nuit tombait sur un patchwork de champs labourés, ondulant brun-violet, jusqu'en lisière de forêt. Parfois, un clocher d'église hérissait l'horizon et, en passant devant les petites maisons aux fenêtres éclairées, Fabien avait envie de hurler : « Stop ! Déposez-moi là ! » Mais déjà, la voiture pénétrait dans les bois.

– Vous connaissez la région ?

– Pas du tout.

– C'est très beau, vous verrez, surtout en automne. C'est très sauvage, pas une usine à cent kilomètres à la ronde, beaucoup de gibier, biches, chevreuils, sangliers...

Fabien serrait les dents. À chaque virage, il s'attendait à voir une bestiole bondir, comme les panneaux triangulaires l'indiquaient, et s'écraser dans une gerbe de sang sur le pare-brise. Des visions de bêtes écorchées suspendues à des crocs de boucher commençaient à danser dans sa tête. Le parfum des femmes, l'odeur du cuir et des cigarettes lui soulevaient le cœur. Comme par un fait exprès, Madeleine décrivait par le menu un gueuleton qu'elle avait fait dans un restaurant réputé de la région.

– Après le coquelet à la crème et aux morilles, on nous a servi…

Avec une voix de petit enfant, la bouche sèche, Fabien l'interrompit :

– C'est encore loin ? Je ne me sens pas très bien… Trop bu de café.

– Une dizaine de kilomètres à peine. Mais on peut s'arrêter si vous voulez.

– Non, ça va aller.

– Vous me dites, hein ? Bon, où en étais-je ? Ah oui, alors un plateau de fromages ! Un époisses surtout, hum…

Fabien était exsangue quand la voiture stoppa devant un immense portail de bois.

– Ça va ?

Il ne répondit pas. Les mains fébriles, il se libéra de la ceinture de sécurité, ouvrit la portière et fit trois pas avant de tomber à genoux dans l'herbe mouillée. Les yeux fermés, il respira lentement à fond, comme pour faire pénétrer la nuit entière dans ses poumons. Martine lui tapota les joues.

– Appuie-toi sur moi. Là… C'est bien…

Il se laissa guider comme un aveugle dans le noir total. De la voiture il ne restait plus qu'un pet d'essence dans l'air froid. On lui fit gravir en trébuchant quelques marches de pierre puis la lumière jaillit de derrière une porte à moitié vitrée. La maison sentait un peu le moisi et le feu de bois. Dans l'entrée, une tête de biche le fixait de ses yeux de verre. Il se demanda si le reste du corps apparaissait de la même façon de l'autre côté de la cloison.

– Mon Dieu, comme vous êtes pâle ! Entrez vite ! Je vais allumer un bon feu.

On le fit asseoir, grelottant, dans un grand fauteuil de cuir glacé. Les yeux clos, il entendait les deux femmes s'affairer, échanger des mots qu'il ne comprenait pas et même rire, ce qui le choqua. Quelques instants plus tard, des flammes dansaient en pétillant dans la cheminée. Lentement, le sang recommençait à circuler dans ses veines.

– Ça y est, vous nous revenez d'entre les morts ? Tenez, buvez ça. Ensuite vous allez manger.

– Je n'ai pas trop faim.

– Mais si. C'est parce que vous avez le ventre vide que vous êtes malade. Faites-moi confiance.

C'était trop lui demander, d'autant que l'énergie et la bonne humeur constante de Madeleine finissaient par lui taper sur les nerfs. Mais il avala quand même le verre de marc qu'elle lui tendait.

– À table !

Martine l'avait dressée dans son dos comme pour un banquet, nappe blanche, vaisselle, argenterie, cristal, vin fin, bœuf bourguignon. Il se demanda de quel chapeau elle avait sorti tout ça.

– Pas d'un chapeau, d'un congélo. Madeleine prévoit toujours une arrivée dans la nuit. Tu as repris des couleurs !

Fabien secoua la tête comme quelqu'un qui sort de l'eau. Le petit marc l'avait remis sur les rails.

– J'ai l'impression de revivre mon sauvetage en mer. C'est magique tout ça, elle est belle votre maison, Madeleine, vraiment très belle.

Tout paraît beau quand on a été malade, il le savait, mais objectivement, c'était une belle maison, avec tout ce qu'il fallait là où il fallait, les meubles, les boiseries ; luxe, calme et volupté.

Ils passèrent à table. Au bout de quelques verres, chacun d'eux avait comme des pépites au fond des yeux. Ils se mirent à évoquer des souvenirs de l'été à Majorque en prenant soin d'éviter ceux qui pouvaient être gênants, qui auraient pu nuire à leur belle entente du moment. Cela avait un petit côté repas de chasseurs, chacun y allant de son anecdote. Fabien se sentait en confiance, des bribes de son enfance lui revenaient, il parla de son père, de Charlotte et, l'aloxe-corton aidant, il en arriva à Sylvie. Il avait beau sentir des warnings clignoter dans un coin de sa tête, c'était plus fort que lui, il avait besoin de se raconter, de se livrer, de dérouler devant lui un tapis de vérité. C'était comme d'arriver sur la plage le premier jour des vacances, l'envie de se débarrasser des oripeaux du mensonge et de courir nu dans les vagues. Plus il brillait, plus les deux femmes riaient et plus il relâchait toute prudence. Il était près de leur dire qui il était. À présent qu'ils étaient amis, il était sûr qu'elles comprendraient et tous s'en trouveraient soulagés. Madeleine se leva de table pour aller chercher la bouteille de marc.

– Un petit verre avec votre café, monsieur Delorme ?

– Avec plai…

Il y eut un blanc, un blanc cassé parcouru d'anges infirmes traînant les ailes. Madeleine l'avait appelé par son nom et le fixait en souriant.

– Pourquoi tu l'appelles comme ça ?

– Parce qu'il s'appelle Fabien Delorme, n'est-ce pas ?

En vain, Fabien chercha le trou du souffleur. Il ne savait plus son texte. Madeleine posa la bouteille devant lui un peu brutalement.

– Madeleine, qu'est-ce que ça veut dire ?

– Ça veut dire, ma petite Martine, que tu as devant toi le mari de la dame qui se trouvait dans la voiture avec Martial.

– C'est pas vrai ?

– Demande-lui.

Nier. Nier tout en bloc, nier la terre entière et sa présence ici ou bien dire oui. Il n'avait plus que deux mots en sa possession et il ne pouvait les prononcer ni l'un ni l'autre. Comme à l'école devant le tableau noir, il sentait ses oreilles rougir, pareilles aux carottes lumineuses des tabacs. À cet instant précis il n'avait pas plus de huit ans.

– Hé ! Je te parle ! Tu es bien le mari de la pétasse qui accompagnait ce con de Martial ?

– Fabien, dis quelque chose !

Il avait décidé de faire des boulettes de pain qu'il entassait en pyramide de plus en plus haute au milieu de son assiette maculée de sauce brune.

Une claque sur la nuque l'obligea à faire face à Madeleine. Elle braquait sur lui un revolver à quelques centimètres de sa tête.

– Dis-le ! Dis-le-lui !

Les mots semblaient sortir du canon, jamais il n'avait vu une arme d'aussi près, il sentait l'odeur de métal et de graisse.

– Madeleine ! Qu'est-ce que tu fais, t'es dingue !

– Pas du tout. T'as pas encore compris ? Qu'est-ce que tu crois qu'il est venu faire avec nous ? Tu imagines que c'est pour tes beaux yeux ?… Il n'en a rien à foutre, il veut nous faire plonger, c'est ça, hein ? Tu veux nous faire plonger ?

Fabien ne quittait pas des yeux l'arme qui tremblait au bout du bras tendu. Il eut un mal fou à desserrer les dents.

– Madeleine, ce n'est pas ce que vous croyez… J'allais tout vous dire…

– Ben voyons ! Tu nous suis depuis des semaines, jusqu'en Espagne ! Tu séduis la petite et tu t'arranges pour l'éloigner de moi et tout ça pour rien, comme ça, par jeu ! Tu me prends pour une conne ?

– Non, Madeleine, non, je ne vous prends pas pour une conne. Je… je crois que je ne supportais pas l'idée d'être seul.

– C'est tout ce que tu as trouvé ? Je m'attendais à mieux. Moi, je vais te dire ce que tu as derrière la tête, tu veux te venger. Je ne sais pas comment, mais tu as su que c'était moi qui avais provoqué l'accident, mais comme tu n'as pas encore de preuve, tu t'es dit qu'en mettant Martine dans ta poche, tu finirais bien par la faire craquer.

– C'est pas vrai ! Je ne savais pas, et d'ailleurs je m'en fous. Je n'étais plus amoureux de Sylvie, je voulais une autre vie !

– Menteur ! T'es comme Martial, comme tous les autres, tu mens, tu prends, tu jettes, tu casses…

– Madeleine, arrête ! Tu ne vas pas le tuer ?

– Et pourquoi pas ? Ça fera un salaud de moins ! Tu crois que je vais le laisser nous balancer ?

– Ne faites pas ça, Madeleine, je ne dirai rien à personne. Ça m'est égal, faut pas faire ça, faut pas…

Quelque chose se détendit en lui comme un ressort, quelque chose qui ne voulait pas mourir et qui lui donna l'audace d'attraper le poignet de Madeleine. Il sentit les ongles de son autre main lui déchirer l'oreille, chercher ses yeux mais il ne lâchait pas son étreinte. On aurait dit un couple de danseurs enlacés dans un tango grotesque. Fabien parvint à saisir l'arme, ses doigts se crispèrent sur la crosse. Le coup partit alors qu'ils s'écroulaient tous les deux sur la table dans un fracas de vaisselle cassée. Fabien se roulait par terre, les mains serrant sa jambe gauche à la hauteur du genou.

– Putain ! J'ai mal ! J'ai mal, bordel !

Entre les pieds de table et de chaises, il vit Martine ramasser le revolver et Madeleine assise par terre, le visage couvert de sang, au milieu d'éclats de verre.

– Tire, tire ! Finis-le, ce connard !

Fabien n'entendit pas le deuxième coup de feu, il était déjà dans les pommes.

Il n'osait pas ouvrir les yeux, s'attendant à voir sa jambe grosse comme celle d'un éléphant, gonflée, purulente, pareille à une bête morte. Chaque pulsation lui faisait l'effet d'une décharge électrique qui lui arrachait des gémissements et lui donnait envie de mordre. Quelque chose de flasque et d'humide se posa sur son front. Le visage de Martine lui apparut, incroyablement blanc, presque phosphorescent.

– Ça va ?

– Non. Putain, qu'est-ce que j'ai mal !

Il tremblait de la tête aux pieds, ruisselant de sueur et de larmes. Un à un elle desserra les doigts de Fabien crispés sur son bras et lui tendit deux cachets et un verre d'eau.

– Avale ça, ça va te calmer.

– C'est quoi ?

– Du Di-Antalvic, c'est tout ce que j'ai trouvé.

Fabien dut s'y prendre à trois fois pour déglutir les comprimés. L'eau qui dégoulinait sur son menton était glacée. Du bout des doigts il effleura sa jambe sous la couverture.

– Je n'ai plus de pantalon ?

– Il a bien fallu que je l'enlève pour nettoyer la plaie. La balle a transpercé le mollet. Je crois que c'est mieux qu'elle soit pas restée dedans.

– Tu t'y connais ?

– Non. J'ai nettoyé à l'alcool et j'ai fait un pansement.

– J'ai perdu beaucoup de sang ?

– Pas mal.

– Il faudrait faire venir un médecin.

– On verra ça.

– Quand ? Faut faire vite, ma jambe va pourrir.

– Mais non. Pour le moment, c'est pas possible.

– Madeleine ? Madeleine t'en empêchera... Elle veut me faire crever ici, c'est ça ?

– Non. Elle est morte. Je l'ai tuée.

– Oh, merde...

– Elle était folle. Elle nous aurait flingués tous les deux, et elle après, je pense. Il fallait l'abattre.

C'est tout juste si elle n'ajouta pas : « Normal. » Son visage n'exprimait ni crainte ni remords. Fabien ne savait pas s'il devait se réjouir ou s'inquiéter de cette nouvelle.

– Qu'est-ce que tu vas faire ?

– Je sais pas. Je l'ai foutue dans le congélo en attendant.

– Dans le congélo ?

– Je pouvais pas la laisser sur le tapis. On verra, je te dis. Tu as faim ? Tu veux dormir ?

– Non, je n'ai pas faim, juste soif. Martine ?

– Oui ?

– Pourquoi tu l'as tuée elle et pas moi ?

– Ça aurait pu être toi. Je vais chercher une carafe d'eau.

Quand elle remonta, Fabien était endormi, la joue reposant sur le gant de toilette mouillé.

De son lit, les reins calés par un gros oreiller, Fabien pouvait voir par la fenêtre un grand pan de ciel bleu marbré de rose, l'ébauche d'une forêt rousse et un triangle de pré vert où paissaient quelques vaches. Le paradis à portée de la main et pourtant inaccessible. Être une bonne grosse vache, manger toute la journée, donner son lait aux petits enfants, dormir dans une étable bien chaude, bien serrée contre les autres, et recommencer le lende-main, pour toujours…

Des yeux il chercha le cendrier pour écraser sa cigarette, mais Martine avait dû l'emporter avec le plateau de son déjeuner. Il éteignit le mégot sur le bois de la table de chevet. Qu'est-ce qu'il en avait à foutre ? Gâchis pour gâchis… Un faux mouvement pour se rehausser lui arracha un cri de douleur. C'était invraisemblable qu'un si petit trou fasse si mal. Mais de quoi fallait-il s'étonner ? Madeleine était dans le congélo, Martine faisait la vaisselle, il pourrissait dans un lit de grand-mère et des vaches broutaient paisiblement dans un pré. Tout était inter-changeable, on aurait pu mettre Madeleine dans le pré, les vaches dans le congélo et… Il éclata de rire. Sa blessure se réveilla aussitôt. La douleur ne le lâchait pas, comme un chien, les crocs plantés dans son mollet. Martine avait beau dire que ça s'arrangerait, qu'il fallait laisser la plaie cicatriser, il voyait bien l'auréole noirâtre qui s'élargissait autour du trou quand elle refaisait son pansement. Mais elle refusait d'entendre parler de docteur.

– Fabien, tu comprends bien que c'est impossible. Une blessure par balle, dans ce bled paumé, autant aller directement chez les flics.

– Et pourquoi pas ? C'était de la légitime défense, non ?

– N'insiste pas. Ça va s'arranger.

– Ça va s'arranger mon cul, oui ! T'es pire que Madeleine ! Tu veux me faire crever !

– Si j'avais voulu te tuer, j'aurais pu le faire depuis longtemps.

– Alors pourquoi tu l'as pas fait ?

– Parce que tu as dit à Madeleine que tu avais envie d'une autre vie. Je comprends ça, j'aurais pu dire la même chose.

Fabien ne savait plus quoi penser. Il n'avait rien répondu, elle était partie avec le plateau. Mais avant de sortir elle s'était retournée vers lui :

– La jacinthe en pot, les meubles changés de place, c'était toi ?

Il avait hésité avant de faire oui de la tête, comme un enfant pris en faute.

Martine était allongée près de lui, dans le noir. Elle avait monté une radio qui diffusait une musique de boîte de nuit, tout bas. En quelques mots elle lui avait résumé son petit bout d'existence, son enfance à Aurillac, des parents pharmaciens, la fugue à seize ans, pour voir, et puis des hauts, des hommes, des bas, la drogue, jusqu'à Madeleine dont elle avait fait la connaissance dans une réunion des narcotiques anonymes. Madeleine l'avait aussitôt adoptée et plus tard présentée à Martial. Lui et Madeleine se détestaient, Martine avait servi à donner un regain d'ardeur à une haine qui s'assoupissait et dont ils ne pouvaient se passer. Elle s'était laissé manipuler par l'un comme par l'autre parce qu'elle ne connaissait pas d'autre façon de vivre que de laisser les autres agir pour elle. D'ailleurs, elle se foutait des deux. Martial avait de belles dents, il était pratiquement toujours absent, Madeleine la couvait et se montrait plus que généreuse avec elle. Un jour qu'elles passaient le week-end ici, en se baladant dans Dijon, elles avaient vu Martial au bras d'une femme assez jolie – Sylvie, sans doute. Madeleine n'avait plus desserré les dents de la journée. Le soir, elle était partie avec la voiture pour ne revenir que très tard dans la nuit. Elle avait réveillé Martine et lui avait dit : « Ça y est, je l'ai tué. Il ne fera plus jamais de mal à personne. » Plus tard elle lui expliqua comment elle s'y était prise. Martial emmenait toujours ses conquêtes dans la même auberge, Le Petit Chez-Soi, Martine aussi y avait été. Elle l'avait attendu sur le trajet et lui avait foncé dessus quand elle avait reconnu la voiture à cause d'un des phares qui louchait. Elle aurait pu y passer aussi, elle aurait peut-être préféré…

Fabien l'écoutait sans poser de questions, sans l'interrompre, comme lorsqu'on suit le témoignage d'un fait divers à la télé, l'histoire des autres, toujours si loin de la nôtre. Les médicaments qu'il venait d'avaler pour la nuit commençaient à faire effet. Le chien qui lui mordait la jambe relâchait son étreinte. D'un doigt il bouclait une mèche de Martine et se demandait si les vaches dormaient dans le pré ou si on les rentrait pour la nuit.

La douleur s'était installée en lui, il s'était installé en elle. C'était devenu une occupation à plein temps qu'il pratiquait avec le sérieux d'un honnête artisan. Il en suivait tous les méandres, accompagnait les accès de fièvre avec une ferveur de martyr et se plongeait dans la félicité lors des accalmies qui succédaient à l'absorption des médicaments. Il n'aurait pas pu dire s'il préférait les hauts ou les bas de cette montagne russe de souffrance, chaque état s'enrichissant de son opposé. Il vivait un présent absolu, simplifié à l'extrême par ces deux formules : J'ai mal/Je n'ai pas mal. Ça allait très bien avec le décor, minimum lui aussi : chambre, lit, chaises (2), table de nuit, fenêtre, porte. C'était largement suffisant pour s'y faire une vie. Il y avait le jour, la nuit, le dedans et le dehors. Que demander de plus ? La lecture du papier peint (bouquets de trois roses pompon disposés en quinconce) ne le lassait pas, les taches d'humidité du plafond, les lézardes sur les murs, les nervures du bois de la porte l'absorbaient pendant des heures.

La fenêtre était réservée aux grandes évasions, c'est-à-dire quand il se sentait assez fort pour appréhender l'espace sans mur, l'infini ondulant des collines et des nuages. Et puis il y avait les vaches, dont il suivait le feuilleton avec assiduité. Il était sûr qu'elles avaient conscience de sa présence dans la chambre, car bien souvent elles levaient vers sa fenêtre leur mufle dégoulinant de bave et poussaient à l'unisson un long meuglement chaleureux profond comme les litanies gutturales des moines tibétains.

La porte appartenait à Martine. C'est par là qu'elle apparaissait, un plateau plein entre les mains et qu'elle disparaissait avec le plateau vide. Tout ce qu'elle lui montait était délicieux, mais, précisait-elle, le mérite ne lui en revenait pas : Madeleine était une excellente cuisinière et il avait fallu faire de la place dans le congélo. Fabien n'aimait pas trop qu'elle fasse allusion à l'appareil frigorifique, ça le ramenait sur terre et lui occasionnait une douleur plus vive que celle de sa blessure. Le temps reprenait ses droits avec son avant, son après et ses kyrielles de problèmes à résoudre.

– Mais enfin, Martine, on ne peut pas rester indéfiniment ici ?

– Pourquoi pas ? C'est tranquille.

– Quelqu'un va bien finir par s'inquiéter de son absence ?

– Penses-tu ! Elle était tellement chiante avec tout le monde qu'elle avait fait le vide autour d'elle.

– Mais on ne disparaît pas comme ça, du jour au lendemain !

– Si, des centaines de personnes par an. J'ai entendu ça à la télé. Tu ne finis pas ta crème ?

– Non.

Alors sa jambe le refaisait souffrir et il se lovait à nouveau à l'intérieur de lui-même, bien à l'abri des points d'interrogation, en attendant l'heure des vaches.

Martine était en train de lui refaire son pansement, assise au bord du lit. Un rayon de soleil éclaboussait ses genoux. Fabien était lavé et rasé, les draps changés. Un matin comme il les aimait.

– Martine, qu'est-ce que tu fais, la journée ?

– Aujourd'hui, tu veux dire ?

– Non, qu'est-ce que tu fais quand je dors, quand tu n'es pas dans la chambre ?

– Rien de spécial. À manger, la vaisselle… Je regarde par la fenêtre. Je suis bien.

– Si ça se trouve, c'est ça, une autre vie ?

– Peut-être. Il va falloir que j'aille en ville. Il n'y a plus de Di-Antalvic, ni d'alcool, ni de cigarettes, ni de… J'ai fait une liste. Je vais en avoir pour une bonne heure, peut-être deux. Je ne peux pas aller au bled à côté.

– Tu veux dire que tu vas prendre la voiture ?

– Forcément, je ne vais pas y aller à pied.

– Je n'aime pas ça.

– On ne peut pas faire autrement. T'en fais pas, ça va aller, personne ne me connaît à Châtillon.

– Oui, je sais… Fais gaffe quand même.

Aucun des deux n'était sorti de la maison depuis leur arrivée. Cette porte ouverte sur l'extérieur avait quelque chose d'inquiétant. Il lui semblait que tous les emmerdements du monde allaient profiter de l'occasion pour s'engouffrer dans leur bulle. Un frisson lui parcourut le dos quand il entendit le moteur de la voiture. Ce bruit incongru remettait en marche les rouages, bielles et pistons d'une machine infernale. Filigranés dans le papier peint, comme dans les devinettes de son enfance (« L'ogre est caché dans le feuillage de l'arbre, trouve-le ! »), apparaissaient les visages de Gilles, Léo, Fanchon, son père, Charlotte, Madeleine, et avec eux un flot d'émotions de toutes natures qui lui chavirait le cœur. « On ne refait pas sa vie, pauvre niais, on la continue ; avaient-ils l'air de lui crier : Il n'y a de refuge nulle part ! » D'accord, il allait faire le point calmement. Il n'avait pas de fièvre et pouvait raisonner en toute lucidité. Un : Était-il amoureux de Martine au point de s'aventurer aussi loin avec elle ? Réponse : Pas sûr du tout. Deux : De quoi était-il coupable au juste ? Réponse : Mais de rien ! Il n'avait tué personne, il avait même été blessé. Trois : Comment comptait-il s'en tirer ? Réponse : En réussissant à convaincre Martine de se rendre à la police… Improbable. En partant à cloche-pied à travers champ… Possible, mais dans quelques jours, quand sa jambe irait mieux… En téléphonant à une ambulance !

À part un désagréable sentiment de culpabilité envers Martine et les multiples inconvénients qui ne manqueraient pas d'accompagner son retour dans le civil, c'était sans doute la meilleure solution, sinon la plus élégante.

Pourquoi n'y avait-il pas pensé plus tôt ? Simplement parce qu'il était trop dans le coaltar pour se sentir en danger. Six jours à battre la campagne, et on en oublie le confort moderne. Si ses souvenirs étaient bons, il y avait un téléphone dans l'entrée, sur un petit secrétaire. Depuis le fameux soir, il n'était pas redescendu au rez-de-chaussée. En une minute il se remémora la disposition des pièces, et, s'appuyant sur une canne que Martine avait dégottée dans le grenier, il se leva de son lit. Jusqu'à présent il ne s'était jamais rendu plus loin que les toilettes. La descente de l'escalier promettait d'être sportive.

Il y parvint, non sans mal, mais il y parvint. En bas, il faisait tout noir. Les volets étaient fermés. Sans doute une précaution de Martine. D'ailleurs elle fermait chaque soir ceux de sa chambre avant d'allumer la lumière. Tout de suite il repéra le petit meuble avec son téléphone. Il n'eut même pas besoin de le poser sur son oreille pour comprendre qu'il n'entendrait rien. Le fil était coupé à dix centimètres du combiné. En boitillant, il se rendit jusqu'à la porte d'entrée. Comme il s'y attendait, elle était fermée à double tour. On ne pouvait pas reprocher à Martine d'être trop prudente, mais n'empêche qu'il était bel et bien prisonnier dans cette baraque de merde. Ça allait changer tous ses plans et il avait fait tout ce parcours du combattant pour des prunes. Il jura et entama l'ascension de l'escalier. C'était beaucoup plus difficile qu'à l'aller, tout le poids de son corps reposant sur sa jambe droite. Arrivé sur le palier, les muscles de sa cuisse tressautaient comme des poissons dans une nasse. Il s'allongea avec délices sur son lit. Il était évident que son état ne lui permettait pas de sauter par sa fenêtre et de courir à travers champ comme l'idée l'avait effleuré un court instant. Retour à la case départ. L'expression lui parut tout à fait adaptée car il se déplaçait à petits bonds, comme un pion. Un pion...

Un éclair parapha le ciel, aussitôt suivi d'un violent coup de tonnerre. Le temps avait tourné, de lourds nuages pesaient au-dessus des vaches rassemblées sous le seul arbre de la prairie. La pluie se mit à gifler les vitres en rafales. C'était très beau, mais ça faisait un peu peur. Fabien alluma la radio pour se tenir compagnie. Aucun son n'en sortit. Le téléphone, il pouvait comprendre, mais couper le fil de la radio, c'était idiot ! Mais le fil n'était pas coupé, il était même parfaitement branché. La lampe de chevet non plus ne marchait pas... le congélo... Il ne lui fallut pas plus de quelques secondes pour comprendre que l'orage avait fait disjoncter le compteur. Martine était partie depuis une heure à peine. Combien de temps fallait-il à une Madeleine pour décongeler ?

L'idée de redescendre chercher le compteur dans l'obscurité totale lui parut au-dessus de ses forces. Il faisait si beau ce matin, tout allait si bien... Martine n'aurait jamais dû quitter cette maison. Le malheur avait glissé le pied dans l'entrebâillement de la porte comme une saloperie de vendeur d'aspirateurs. On ne pourrait plus jamais la refermer.

La pluie tombait toujours quand il entendit la voiture se garer dans la cour, puis le bruit de la clé tournant dans la serrure suivi d'un juron et des pas de Martine dans l'escalier. Elle le découvrit allongé sur le lit, les bras croisés sur la poitrine, baignant dans une lumière d'eau de vaisselle, pareil à un gisant d'église.

– Qu'est-ce qui se passe ? Il n'y a plus de lumière ?

– Ça fait plus de quatre heures que tu es partie.

– Le supermarché ferme à l'heure du déjeuner. Il a fallu que j'attende l'ouverture. Ça fait longtemps qu'il n'y a plus de courant ?

– Suffisamment pour que Madeleine soit prête à mettre au four.

– Merde, le congélo ! C'est l'orage qui a fait disjoncter, ça arrive souvent ici. Je vais remettre le compteur.

Cinq minutes plus tard, la lampe de chevet et la radio se remirent à repousser les ténèbres et à envahir le silence de résultats sportifs. Martine réapparut, souriante.

– Voila, c'est reparti. Ça va mieux ?

– On ne peut mieux ! J'ai passé quatre heures à m'imaginer la glace fondant sur le corps de Madeleine, une seconde, une goutte, une seconde, une goutte… Quatre heures !

– Calme-toi. De toute façon, ça doit avoir une douzaine d'heures d'autonomie un engin pareil. C'est une marque allemande, c'est fiable.

– T'as été voir ?

– Non, j'ai pas envie de voir sa gueule. Mais tout remarche, tu vois bien. Quel temps de merde, on n'y voyait rien sur la route, j'ai dû mettre les phares.

– Personne ne t'a vue ?

– Mais non, la maison est à trois kilomètres du village et je n'y suis même pas passée, j'ai fait un détour.

– Je sais ce que c'est la campagne. Il y a toujours un plouc sur un tracteur qui mate dès que tu t'arrêtes pisser.

– Personne ne m'a vue. Tout va bien, je te dis. Comment va ta jambe ?

– Ça me lance un peu, mais ça va.

– Je vais refaire ton pansement. Dis donc, si on dînait en bas ce soir ? Champagne, bougies et tout et tout ?

– Pourquoi ?

– C'est mon anniversaire.

Martine était devenue belle, de la beauté des femmes qui n'ont pas l'habitude de l'être, un peu gauche, touchante. Elle portait une robe noire toute simple trouvée dans l'armoire de Madeleine, et s'était maquillée à la façon des petites filles, un peu trop de tout. Comme le premier soir, la table scintillait de l'éclat des bougies dans les facettes du cristal et sur le manche d'argent des couverts. Mais il n'y avait pas de feu dans la cheminée à cause de la fumée qu'on pouvait voir de loin. France Musique diffusait un opéra italien un peu chiant mais qui, mis en sourdine, tapissait assez bien le silence. Martine l'avait installé dans un fauteuil rehaussé de coussins, avec un pouf devant lui pour étendre sa jambe. Il avait été étonné de sa force : quand elle l'avait aidé à descendre de l'étage, elle l'avait pratiquement porté sur son dos.

– Bon… ben alors à la nôtre !

– Bon anniversaire, Martine, à tes… combien ?

– Trente-deux. Il est assez frais ?

– Parfait !

– Tu sais, on a fini les plats préparés de Madeleine. Va falloir te faire à ma cuisine. J'ai fait simple, rost-beef, purée, salade. À partir de demain, ça sera conserves.

– Ça m'est égal.

La viande était trop cuite, la purée trop liquide, la sauce de salade fadasse mais le champagne faisait tout passer. La conversation avait des ratés, des empressements suivis de blancs, comme s'ils dînaient pour la première fois ensemble, timides, émus, et vaguement gris. Fabien avait du mal à se ressaisir. Il y avait quelque chose de surréaliste dans tout ça qui lui donnait envie de rire. Il avait l'impression de jouer avec un enfant, avec Léo. C'était très agréable. Mais le fil coupé du téléphone, Madeleine sur son lit de glace, l'empêchaient de se laisser aller. C'était peut-être le bon moment pour l'amener à envisager l'avenir. Il allait ouvrir la bouche, mais Martine le devança.

– J'ai… Pardon, tu voulais dire quelque chose ?

– Non, non, vas-y.

– J'ai… J'ai un petit cadeau pour toi.

– Pour moi ? Mais c'est *ton* anniversaire.

– C'est pareil. Attends !

Elle avait rougi en se levant de table. À la radio, l'opéra touchait à sa fin, le ténor mettait un temps fou à mourir. Le paquet qu'elle lui tendit en baissant les yeux contenait une pipe et une boîte de tabac.

– C'est… très gentil, merci ! Je n'ai jamais fumé la pipe mais je vais m'y mettre.

– Ça sent bon le tabac à pipe dans une maison, ça réchauffe comme un feu de bois. J'ai pensé que c'était un cadeau d'homme.

– Absolument ! Je vais en allumer une maintenant.

Elle ne le quitta pas des yeux tout le temps qu'il bourrait le tabac jusqu'à la première bouffée. Avec son pied sur le pouf et sa pipe à la bouche, Fabien se sentit trente ans de plus.

– Excellent ! Merci, Martine, merci beaucoup. Ça doit être encore plus agréable à fumer… dehors.

Martine s'était crispée.

– Pourquoi dehors ?

– Quand il fait froid, c'est chaud dans la main.

– Ah oui… mais c'est bien dedans aussi.

–Bien entendu, dedans comme dehors.

Pendant un moment, on n'entendit plus que la voix du présentateur de France Musique annonçant d'une voix lugubre une suite pour violoncelle de Bach.

– Fait chier cette musique !

Elle pataugea dans les fréquences et finalement coupa le son.

– C'est pas plus mal un peu de silence. À la longue, cette musique…

Son visage avait changé comme une image brouillée sur l'écran d'une télé. Fabien sentait que le charme était rompu par sa faute, son « dehors » trop appuyé. Il avait beau téter sa pipe comme un malade, il ne savait plus comment se rattraper.

– Tu veux partir d'ici ?

– Moi ?

– Oui. Qu'est-ce que tu crois que tu vas retrouver, « dehors » ? Des ennuis, l'ennui, les autres. C'est ça qui te manque ?

– Non ! Non, mais c'est impossible de rester ici ! Ça va durer quoi, quinze jours ? un mois ? deux mois ? et après ?

– Et maintenant ? T'y penses jamais, toi, à maintenant ? Toujours après, après, après ! Tu te crois immortel ?

– Du calme, Martine. C'est vrai qu'on est bien, très bien même tous les deux dans cette maison, et moi aussi je voudrais que ça dure toujours. Mais c'est justement pour ça que je voudrais qu'on trouve une solution plus… durable.

– Non, mais t'es vraiment con, toi. Tu comprends rien. Et pourquoi pas l'épargne-logement ? Tu gâches tout, tu parles d'avenir comme un vieux. T'es vieux d'ailleurs, trop vieux pour avoir une autre vie, t'as pas les couilles !

Elle s'était levée et contournait la table. Fabien avala péniblement le jus de pipe qui lui brûlait la langue.

– Martine, tu ne me comprends pas. Je pense à notre bonheur, au tien comme au mien.

– Qu'est-ce que t'en sais de mon bonheur ? Madeleine aussi ne voulait que mon bonheur et d'autres avant elle. J'en ai rien à foutre du bonheur. J'ai envie d'être peinarde, une heure, cent ans, je m'en fous !

Ici, je suis bien. Alors écoute, personne ne sortira ni ne rentrera ici, personne !

Fabien sentit son cœur se soulever, son sang refluer à sa tête sous l'effet du coup de pied dans son mollet blessé. Pendant quelques secondes il fut incapable d'émettre un son. La douleur fulgurante lui fit voir la pièce entièrement rouge, incandescente, puis il ferma les yeux en poussant un râle.

– Démerde-toi tout seul pour remonter. Bonne nuit !

– Tu veux du café ?

Martine était en train de débarrasser la table des reliefs de la veille. Fabien n'avait pas eu la force de remonter jusqu'à sa chambre. Il avait passé la nuit dans le fauteuil, grelottant de froid, de fièvre et de douleur. Sa jambe avait gonflé, il avait dû retirer le pansement raidi de sang séché.

– J'ai mal. Je voudrais m'allonger.

Martine le fixa un moment puis posa les assiettes qu'elle tenait et s'approcha de lui.

– Passe ton bras sur mes épaules. T'es prêt ?

Ce fut laborieux. Fabien tremblait de tous ses membres, ses mains moites glissaient sur la rampe. Une fois allongé, il eut envie de vomir tellement il se sentait vidé, épuisé, retourné comme un vieux gant de toilette.

– Tu veux que je te monte un café ?

Il fit non de la tête en passant sa langue sur ses lèvres craquelées. Martine versa de l'eau dans un verre et lui en fit boire un peu.

– Je remonterai tout à l'heure.

Il ne pleuvait plus mais le ciel était encore couvert. On sentait qu'il n'avait pas dit son dernier mot. Les larmes lui vinrent aux yeux à la vue des vaches dodelinant des mamelles d'une touffe d'herbe à une autre. Tout autour de lui, il y avait une vie normale, peuplée de gens normaux qui s'occupaient de leurs vaches bien tranquillement sans se douter que Fabien Delorme était en train de crever comme un chien à quelques centaines de mètres d'eux. Mais dans la forêt, là-bas, combien y avait-il de bêtes en train de crever ? Des insectes, des limaces, des lapins, même des sangliers, tous ne mouraient pas à la chasse ou bouffés par d'autres. Que devenaient ceux qui mouraient de vieillesse ou de maladie ? On ne voyait jamais de cadavres d'animaux morts en se promenant... La chair, la peau, d'accord, tout cela se décomposait ou était becté par des charognards, mais les os ? Depuis le temps que ces forêts grouillaient de gibier, on aurait dû en trouver dans tous les coins, des os, des tibias, des omoplates ? Martine ne lui laissa pas le temps d'élucider ce mystère. Elle rapportait la radio.

– Tiens, prends tes cachets.

Elle n'avait pas l'air fâchée, plutôt absente. Fabien avala les deux pilules.

– Tu ne me refais pas mon pansement ?

– Non, pas maintenant.

– Mais t'as vu dans quel état est ma jambe ?

– Pas maintenant je te dis.

– Tu veux ma mort ? Même si je voulais, je ne pourrais pas foutre le camp ! S'il te plaît, Martine, c'est grave ! Tu ne peux pas me laisser comme ça ! Ou alors tire-moi une balle dans la tête, qu'on en finisse tout de suite !

Martine ne répondait pas, le visage aussi lisse qu'un miroir, dépourvu de la moindre émotion.

– Je vais faire à manger. De la choucroute, ça te va ?

– Mais j'en ai rien à foutre de ta choucroute ! Merde !

Le temps qu'il trouve quelque chose à lui balancer à travers la gueule, Martine était sortie. Le cendrier s'écrasa sur la porte.

– Putain de salope ! Tu veux me faire crever, hein ? Tu vas voir si je vais me laisser faire !

Il arracha des bandes de drap avec ses dents et se mit à nettoyer le sang coagulé avec de l'eau puis il entoura son mollet avec ce qui restait de tissu. La rage lui faisait sortir les yeux de la tête et grincer les dents.

– Tu vas voir si c'est moi qui vais crever, ma salope, c'est moi qui vais te faire la peau !

Il passa les deux heures suivantes à s'imaginer en train de l'étrangler à mains nues, de l'étouffer avec son oreiller ou de lui broyer le crâne à coups de chaise. Mais pour cela, il aurait fallu pouvoir lui mettre la main dessus. Elle devait bien se douter de ce qu'il avait en tête. Mieux valait adopter un profil bas et attendre le moment propice.

Il ne la revit pas de deux jours. Elle profitait de ses périodes de sommeil pour déposer deux cachets et une carafe d'eau sur la table de chevet. Mais aucune nourriture. Autre trace de sa présence, le cendrier, par terre près de la chaise, à l'autre bout de la chambre. Elle devait le regarder dormir. C'était ça qui l'inquiétait le plus, cette chaise vide le long du mur. Il se sentait incroyablement faible, les os creux. S'il n'y avait pas eu cette jambe lourde comme du plomb, il aurait flotté dans la pièce telle une baudruche.

Il avait refait son pansement avec les moyens du bord une ou deux fois et puis il avait laissé tomber. C'était trop moche, ça puait. Il ne prenait plus les médicaments que par habitude, la douleur venait quand elle voulait lui vriller les nerfs. Il s'ensuivait des périodes d'apathie plus ou moins longues, plus ou moins délirantes. Rares étaient ses moments de lucidité. Les vaches avaient fini par l'oublier.

Martine réapparut le troisième jour portant une bouilloire d'eau chaude, une cuvette, des compresses et tout un tas d'autres trucs qu'elle déposa sur la table de nuit. Fabien la regarda s'asseoir au bord du lit et découvrir sa jambe en faisant la grimace. Il aurait été incapable de faire le moindre geste et elle le savait.

– Bonjour. Il va falloir que j'incise la peau pour faire sortir le pus. Ça va te faire mal. Tu veux boire quelque chose avant ? J'ai apporté du marc.

– Et une cigarette, comme pour les condamnés ?

– On n'en est pas là.

Elle lui tendit la bouteille et lui alluma une cigarette. Il prit son temps pour vider le restant d'alcool en fumant, sans la lâcher des yeux. Elle regardait par la fenêtre, les mains entre les genoux, impassible.

– Voilà, tu peux y aller.

Elle aurait pu se préparer à lui couper les ongles des pieds, c'était égal. Il avait l'impression d'assister à la cérémonie du thé, la serviette propre sous sa jambe, le canif étincelant, l'eau bouillante, les compresses… Chacun de ses gestes précis semblait chargé d'une lourde signification. Il n'avait pas peur.

Quand l'acier entama la chair, une onde de douleur le parcourut de bas en haut. Il crut que ses dents allaient éclater à force de serrer les mâchoires. Le pire, c'était de savoir que ça ne faisait que commencer.

– « Quand Tahar l'eut perdue de vue, il tourna la tête vers la place. Les deux Nord-Africains qui, de loin, avaient tenu sa voiture à l'œil et qui s'étaient assurés que Betsy Lang n'était pas pistée en arrivant au rendez-vous… » Tu veux que j'arrête de lire ? Tu veux dormir ?

Il était trop fatigué pour vouloir quelque chose, ça lui était indifférent. La lecture du vieux Paul Kenny à la couverture gondolée par l'humidité faisait partie du silence, comme le staccato de la pluie sur les tuiles, comme les grincements de boiserie ou le trottinement des souris dans le grenier, au-dessus de sa tête.

– Il va falloir que je retourne en ville, on n'a plus rien. Il y a quelque chose qui te ferait plaisir ?

– Non, rien. Tu seras partie longtemps ?

– Je ferai le plus vite possible.

– Oui. Je n'aime pas rester seul. C'est pénible d'être seul. Tout paraît trop grand. Trop froid.

– Ne t'en fais pas, tu ne seras plus jamais seul, je suis là.

– Aide-moi à m'asseoir, je voudrais regarder par la fenêtre… Les vaches ne sont plus là ?

– Il pleut trop, on doit les garder à l'abri.

– Comme moi.

– Exactement, comme toi.

– Toi aussi, tu as besoin de moi ?

– Bien sûr. On a besoin l'un de l'autre. Je te mets la radio ?

– Non, je n'aime pas toutes ces voix dans la chambre, je ne comprends pas ce qu'elles racontent. C'est fatigant.

– Bien, j'y vais, c'est comme si j'étais déjà revenue.

– À tout à l'heure, Sylvie.

Martine ne releva pas. Il était assis dans son lit, le regard perdu dans le rectangle blême de la fenêtre quand elle sortit de la chambre.

« Je l'ai appelée Sylvie… Et puis après, qu'est-ce que ça peut faire ? J'aurais dû lui demander de rapporter des spéculoos… Tant pis. Je peux m'en passer… Le mur, la route, la prairie avec son arbre, la lisière de la forêt, le ciel, c'est tout ce que je connais du monde. Il n'existe rien d'autre. Tout le reste, c'est du baratin, comme à la radio. Martine a raison, c'est là que ça se passe, ici, maintenant. Il n'y a plus que nous deux au monde. Il n'y a plus d'erreur possible. Je me demande pourquoi j'ai tant résisté... »

Il fixa l'herbe du pré jusqu'à en devenir vert, vert à l'intérieur, vert à l'extérieur, un grand rideau vert devant les yeux, exactement ce que devaient voir les vaches en broutant. C'est alors que Gilles lui apparut. Il était drôle, il marchait dans le champ détrempé en levant haut les genoux. « Fabien ! Oh ! Fabien ! » Il l'appelait, les mains en porte-voix... Fabien cligna des yeux. Gilles était toujours là.

Deux grosses larmes coulèrent le long de ses joues. Pour la première fois qu'il voyait un être humain dans le pré, il fallait que ce soit son vieux copain. Il mit quelques minutes avant de se rendre à l'évidence et de se traîner jusqu'à la fenêtre. L'air froid lui fit l'effet d'un seau d'eau en plein visage. Pendant un instant, il en eut le souffle coupé. Gilles sautait sur place en agitant les bras.

– Fabien ! Nom de Dieu ! Fabien ! Descends m'ouvrir, c'est fermé.

– Je ne peux pas... Passe par-dessus le mur.

– Quoi ?

– Je n'ai pas les clés.

– Qu'est-ce que c'est que cette histoire ? Bon, je vais monter sur le toit de la bagnole, une minute.

Gilles disparut de son champ de vision pour réapparaître sur la crête du mur d'où il sauta dans le jardin.

– Et maintenant ?

– Je ne sais pas... Peut-être par-derrière, la fenêtre de la cuisine...

– Je vais me démerder.

Fabien regagna son lit. La tête lui tournait. Il aurait été incapable de dire si l'intrusion de Gilles dans son univers lui faisait plaisir ou non. Il entendit un craquement sec suivi d'un bris de verre puis des pas dans l'escalier.

– Ben alors, mon petit pote, qu'est-ce que c'est que tout ce merdier ? Putain ! Mais qu'est-ce que t'as ?

La présence de Gilles dans la chambre avait quelque chose d'indécent. Il parlait trop fort, ses gestes étaient trop brusques. Il était trop matériel.

– T'es malade ? Qu'est-ce que tu as à la jambe ? Réponds, bordel !

– Ça va mieux. J'ai reçu une balle.

– Une balle ! Mais dans quel merdier tu t'es fourré ?

– C'est compliqué… Je ne sais pas par où commencer. Mais toi, qu'est-ce que tu fiches ici ?

– Ça fait plus de quinze jours que tu es parti ! Tu te souviens ? Tu m'avais donné le nom de ton bled. J'ai emprunté la voiture de Laure. Au village, je me suis renseigné, une maison avec deux nanas. On m'a indiqué la baraque mais on m'a dit qu'il n'y avait personne. Je suis venu quand même jeter un coup d'œil… T'as une mine à faire peur. T'es tout seul ?

– Non. Martine est partie faire des courses en ville.

– Et elle t'enferme en partant ? Pourquoi les volets sont-ils fermés ? Et l'autre nana, où elle est ?

– Je ne peux pas te répondre, Gilles. J'ai la tête qui tourne, je suis fatigué.

– Comme tu veux, tu me raconteras ça plus tard. Mais je ne te laisserai pas une heure de plus dans cette maison, c'est sinistre. Faut aller voir un toubib. T'as des affaires, un sac ?

– Je ne peux pas partir comme ça. Martine...

– Quoi, Martine ? Elle est complètement cinglée cette gonzesse de te laisser pourrir dans ce plumard. Non, mon vieux, on se casse et c'est tout ! J'ai pas besoin d'en savoir plus.

– Gilles, ça serait trop long à t'expliquer, je ne peux pas...

– Arrête de déconner ! Qu'est-ce que tu crois, qu'on va parler de la pluie et du beau temps et puis : « Salut, à la prochaine ! » Je ne sais pas ce qui se passe ici, mais ça pue. D'ailleurs je ne te demande pas ton avis, t'es pas en état. Je suis ton ami, merde ! Ton ami !

Fabien ne savait plus quoi penser. Il aurait voulu s'endormir, là, tout de suite.

– Tu peux marcher ? Non. Je vais te porter sur mon dos. Passe tes bras autour de mon cou... Là, ça va ?

Fabien se laissa transporter comme un paquet jusqu'en haut de l'escalier.

– Attends, je vais aller voir si je peux ouvrir la porte. Ce serait plus pratique que de te passer par la fenêtre. Assieds-toi sur la marche.

Au fond, il suffisait de dire oui à tout pour que la vie soit plus facile. Gilles dévala les marches, traversa le vestibule.

– Ben merde alors, c'est ouvert ! T'entends ça, Fab…

Il n'eut pas le temps de voir Martine débouler du salon. La balle tirée à bout portant lui fit éclater la tête. Pendant quelques secondes, le bruit de la détonation demeura dans le vestibule avant d'être happée par le silence habituel. Martine abaissa lentement son bras et tourna les yeux vers Fabien, pétrifié en haut de l'escalier. Il avait assisté à la scène avec autant d'émotion que la tête de biche empaillée sous laquelle gisait le corps de Gilles. Tout semblait frappé du sceau de l'éternité. Il n'y avait rien à dire, rien à faire, il régnait un ordre parfait.

Martine posa le revolver près du téléphone sur le petit bureau et vint rejoindre Fabien sur le palier. Elle avait juste l'air fatigué.

– Viens, je vais t'aider à regagner ton lit.

On aurait dit deux miroirs face à face, une vision abyssale l'un de l'autre. Fabien avait l'impression de se mouvoir sous l'eau, chaque geste incroyablement lent, chaque son se répétant en écho. Il se laissa aller sur le lit comme dans des sables mouvants. « Il y a quelques minutes, Gilles était dans cette pièce. Il m'a porté sur son dos. Il est descendu ouvrir la porte. Martine lui a tiré dessus. Il est mort. Il y a plein de sang sur le mur au-dessous de la tête de biche. » Il se repassait le film à l'endroit, à l'envers, sans en comprendre le sens.

– Gilles est bien en bas ? Il est mort ?

– Oui. C'était un de tes amis ?

– Oui. Il est venu tout seul. Il voulait m'emmener.

– J'ai vu la voiture en arrivant. Il faut que j'aille ranger en bas. Tu veux quelque chose pour dormir ?

– Je veux bien. Tu peux attendre que je sois endormi ?

Elle vint se coucher en chien de fusil auprès de lui.

– Tu vas le mettre dans le congélo, lui aussi ?

– Je ne sais pas. S'il y a la place… Il faut que je rentre sa voiture aussi.

– C'est celle de Laure. Il y a deux ans on a été à Amsterdam avec. Un week-end de Toussaint. Laure, Sylvie et moi. Il faisait le même temps, de la pluie, de la pluie, de la pluie…

Martine l'écoutait, les yeux fermés, la joue reposant sur ses deux mains jointes.

– Fabien ! Fabien, réveille-toi, on part.

– Hein ? Où ça ?

– Je ne sais pas. On part.

Elle l'aida à passer ses vêtements comme on habille un enfant endormi. Il faisait encore nuit. Fabien se rappelait les départs en vacances avec son père, vers quatre ou cinq heures du matin pour éviter les encombrements. Le somnifère lui empâtait la bouche.

– J'ai soif, donne-moi un verre d'eau. Mais pourquoi tu veux partir maintenant ?

– J'ai garé la voiture de ton copain dans le garage. On pourrait aller à Amsterdam ?

– À Amsterdam ?

– Oui, tu en parlais tout à l'heure. Je ne connais pas.

– C'est loin… je n'y arriverai jamais. J'ai mal au crâne. Tu disais qu'il ne fallait pas quitter cette maison, jamais !

– J'ai changé d'avis. Je ne pensais pas que quelqu'un viendrait. Ce n'est plus pareil.

– Ah oui, Gilles… Oh, merde ! Léo…

– Qui est-ce ?

– Un petit garçon de cinq ans, son fils… Putain de gâchis ! Je crois que je vais dégueuler…

C'était sa tête, son cœur qui débordait, pas son estomac. Il cracha un petit filet de bile dans le fond de la cuvette que Martine lui tendait. Entre deux hoquets il répétait : « Y a plus rien, merde, y a plus rien… » Il se revoyait tous les trois, Gilles, Léo et lui, attendant que « Gros nichons » baisse son rideau de fer, l'ombre des platanes sur le boulevard, la rumeur de la ville…

– Calme-toi, je suis là.

Fabien leva vers elle un visage ruisselant de larmes, de morve, de bave qu'il aurait aimé s'arracher comme un masque.

– Je ne savais pas qu'on pouvait avoir aussi mal.

– Ne pense pas. C'est fini, on va partir, toi et moi. On ne peut plus se lâcher, nous ne serons plus jamais seuls, jamais.

Il n'y avait plus une trace de sang dans le vestibule, la biche aux yeux de verre ne se souvenait de rien. Il suffisait de faire comme elle, regarder droit devant soi. Installé à la place du mort, Fabien vit les deux battants du portail s'ouvrir comme deux grandes mains blanches. Jamais la nuit ne lui avait paru si grande.

– Ça va, ta jambe ?
– Quelle jambe ?

Le lavis des champs et des forêts défilait de chaque côté de la route. Des lapins fascinés par le pinceau des phares s'immobilisaient entre deux sillons. En lisière de bois, des yeux d'animaux plus gros mais qu'on ne voyait pas dansaient comme des lucioles. C'était bon de se sentir admis dans l'intimité de cette vie nocturne. C'était comme de partager un secret. Les villages endormis qu'ils traversaient n'étaient peuplés que de rêves. Derrière les volets clos on pouvait presque entendre le grincement des sommiers, les respirations plus ou moins difficiles entrecoupées de grognements. Il n'y avait plus la moindre différence entre le pire des salauds et le plus saint des saints. Le monde était enfin en paix.

Ils virent le jour se lever en arrivant à Vézelay. Le ciel avait la couleur d'une huître laiteuse au-dessus de l'église de la Madeleine. Martine se gara à l'entrée de la petite ville encore déserte.

– Je prendrais bien un café.
– Moi aussi.

C'étaient les premiers mots qu'ils échangeaient depuis leur départ, exactement ceux qui convenaient à la situation, banals, matériels, ceux qu'ils auraient prononcés en se réveillant dans un lit. Ils étaient partout chez eux à présent.

– Il y a un hôtel ouvert. Tu te sens capable ?

– Je crois, oui.

La serveuse en tablier blanc avait encore des traces d'oreiller sur la joue. Ils commandèrent du café et des croissants. Un couple d'Allemands ou d'Anglais d'une soixantaine d'années parlaient à voix basse en tartinant des toasts grillés. L'homme avait de la mousse à raser derrière l'oreille.

– Je me sens crade. J'aimerais changer de fringues. J'ai envie de vêtements neufs.

– On pourra s'arrêter dans une grande ville.

– La prochaine.

Il avait faim aussi et hâte que sa jambe guérisse. Son seul souhait aurait été d'être allemand ou anglais, d'avoir soixante ans et de sortir d'un bain chaud.

– On n'est pas obligés d'aller à Amsterdam.

– Non.

– On est juste obligés d'aller.

– C'est ça.

Ils déjeunèrent en regardant par la baie vitrée l'ombre des collines se déplacer dans le vallon. Le couple de touristes les salua en se levant de table.

Martine avait adopté une allure de promenade et n'empruntait que des départementales. Parfois Fabien la faisait arrêter, le temps d'un dialogue avec une vache. Il baissait sa vitre et sifflait entre ses dents jusqu'à ce que l'une des bêtes du troupeau s'approche pesamment de la clôture.

– Tu vois ! Je te l'avais dit, elles me comprennent, j'ai un truc avec ces bestiaux.

À Troyes, dans un grand magasin, ils achetèrent pull, jean, veste, chaussures. Fabien en sortit épuisé mais ravi. À une dizaine de kilomètres de la ville ils trouvèrent un petit hôtel perdu en pleine campagne et décidèrent d'y passer la nuit. C'était un établissement modeste mais propre, rien à voir avec les auberges à faux colombages qui jalonnent les routes touristiques. Curieusement situé à l'écart de toute agglomération, il semblait n'exister que pour eux. L'Hôtel du Lys. À la réception, une femme d'un certain âge, avec des cheveux presque aussi bleus que ses yeux, leur proposa la chambre 7 dont la fenêtre donnait sur le jardin. Voyant que Fabien avait du mal à marcher, elle aida Martine à sortir les bagages de la voiture puis elle les conduisit jusqu'à la chambre et s'effaça discrètement après s'être entendue avec eux sur l'heure du dîner, sept heures et demie. Fabien s'étendit sur le lit, Martine alla coller son front contre la vitre.

– Qu'est-ce que tu vois ?

– Un jardin de grand-mère, un banc, des parterres de fleurs sans fleurs, des arbres fruitiers, un coin de potager, salades, choux… peut-être une cabane à lapins au fond.

– J'ai l'impression d'être habillé de papier. C'est raide, les vêtements neufs.

– Tu as meilleure mine.

– Tu as vu ma jambe, c'est incroyable comme elle a dégonflé. Le pansement est peut-être un peu trop serré.

– Je le referai avant de se coucher.

– J'ai l'impression que nous sommes les seuls clients.

La salle du restaurant ne comportait que cinq tables dont deux étaient dressées, une près de la fenêtre et l'autre à proximité de la cuisine d'où s'échappaient des bruits de casseroles et des effluves de civet. La dame aux cheveux bleus leur apporta une corbeille de pain.

– Nous ne pensions pas avoir de clients aujourd'hui. Je peux vous proposer une assiette de charcuterie en entrée et du civet de lièvre ensuite. C'est mon mari qui fait la cuisine, vous pouvez lui faire confiance. Nous mangerons la même chose.

– C'est parfait.

– Excusez-nous encore, en cette saison, il n'y a pas grand monde, des chasseurs, le samedi et le dimanche, vous voyez.

Le patron sortit de la cuisine avec deux assiettes. Il les salua de loin en souriant. À part les cheveux bleus, il ressemblait trait pour trait à sa femme qui leur apporta la charcuterie ainsi qu'une bouteille de vin.

– Bon appétit, messieurs dames.

Puis elle alla s'asseoir face à son mari et tous quatre se mirent à dîner.

– Martine, c'est bizarre…

– Quoi ?

– Eux, là-bas, on dirait nous dans vingt ans.

– Ça leur fait peut-être l'effet inverse.

– Tu crois qu'on aura la même gueule, comme eux ? C'est fou comme ils se ressemblent.

– Il boite.

– Le patron ?

– Oui, il boite, de la même jambe que toi.

– Merde alors !

Fabien n'osait plus les regarder. Il s'attendait à les voir faire les mêmes gestes qu'eux au même moment. On aurait dit un numéro de mimes évoquant un miroir. Leurs hôtes devaient ressentir un embarras similaire si bien qu'à la fin des entrées, après un bref entretien avec son épouse, le patron se leva et se dirigea vers la table de Martine et de Fabien en claudiquant.

– Excusez-moi mais… vous dînez à un bout de la salle, nous à l'autre, il n'y a personne… Voulez-vous vous joindre à nous ? Bien sûr, nous vous invitons !

– Mais… avec plaisir, c'est très gentil.

– À la bonne heure ! Laissez tout ça, je m'en occupe, allez vous installer.

Elle s'appelait Elsa et lui Ulysse (Hôtel du Lys). Elle était de la région, lui de Marseille. Ils s'étaient connus à vingt ans lors de vacances à Cassis. La guerre les avait séparés, Elsa avait épousé un ingénieur des mines de Sens aujourd'hui décédé et Ulysse s'était engagé comme cuisinier dans la marine marchande. Ils s'étaient retrouvés vingt-cinq ans plus tard par un de ces hasards de la vie qu'on n'invente pas, le déraillement d'un train du côté de Lyon et, depuis, ne s'étaient plus quittés. Il y avait maintenant huit ans qu'ils tenaient l'Hôtel du Lys. Pour dire vrai, il ne venait pratiquement personne, mais c'est justement ça qui les avait incités à reprendre l'affaire. Chacun d'eux bénéficiait d'une petite retraite, l'hôtel n'était qu'un hobby.

Ulysse conclut par ces mots :

– C'est comme si on avait eu droit à deux vies, quoi.

Martine et Fabien échangèrent un regard envieux tandis qu'Elsa se levait pour débarrasser.

– Quel bavard, celui-là, il est bien de Marseille !

Mais on la sentait fière de leur histoire. Visiblement ce n'était pas la première fois qu'Ulysse la racontait, probable qu'il la servait à chacun de ses clients comme une spécialité de la maison, une tranche de vie. Fabien avait mal à la tête, trop chargée d'émotions comme son estomac de nourriture. Martine aussi semblait épuisée.

– Une petite fine ?

– Merci, je crois que nous allons monter nous coucher, je sors de l'hôpital…

– Ah oui, au fait, c'est quoi votre jambe ?

– Un accident de moto.

– Moi c'est un éclat d'obus, pendant la guerre, mais vous voyez, ça n'empêche pas de vivre ! Eh bien, bonne nuit. Vous partez demain matin ?

– Euh… oui. Pas trop tôt.

– Prenez votre temps. À demain.

Allongés dans le noir, malgré leur fatigue, ni Fabien ni Martine n'arrivaient à trouver le sommeil. Le visage épanoui des deux vieux clignotait au-dessus de leur tête. Fabien écrasa sa cigarette.

– Je ne sais pas si je les adore ou si je les déteste.

– C'est le vieux qui est chiant.

– Non, elle aussi, tous les deux. Mais merde, qu'est-ce qu'ils ont de plus ? Si on restait demain ?

– Si tu veux.

Ils restèrent le lendemain et le jour suivant aussi. Elsa et Ulysse en furent étonnés mais ravis. Ils les chouchoutaient comme s'il s'agissait de leurs enfants. Ulysse était intarissable, mais Elsa se chargeait de réguler son débit.

– Tu leur casses les pieds à ces petits avec tes histoires de tour du monde, fiche-leur la paix.

Alors Martine et Fabien regagnaient leur chambre ou bien passaient un moment dans le jardin, sur le banc. Il faisait étonnamment beau et doux depuis leur arrivée, un petit rab d'été. La jambe de Fabien guérissait. C'était un lieu idéal pour une convalescence. Martine était redevenue beige, presque transparente. Elle ne s'exprimait que par de pâles sourires et des hochements de tête qui la préservaient de toutes implications.

– Elle est timide, votre femme !

– Très.

Dans ces moments-là, Fabien la revoyait pointant le revolver sur la tempe de Gilles. La détonation qui servait de bande-son à cette image le ramenait brutalement à une autre lecture de la situation. Ça ressemblait à une chute dans un entonnoir, il étouffait et ne devait son salut qu'en s'accrochant de tous ses ongles à la rassurante réalité d'Elsa et d'Ulysse. «Dernière station avant le désert, mon petit vieux, ces deux-là sont ta dernière chance.» Mais au moment même où il pensait cela, il savait que Martine n'était pas dupe, qu'elle connaissait parfaitement le fond de sa pensée, même si elle ne le manifestait que par un battement de cils. «Qu'est-ce qui m'empêche de cracher le morceau, de demander à Ulysse d'appeler la police?» Il ne pouvait pas répondre, pas plus qu'il n'aurait pu dire qui des deux tenait l'autre en laisse.

— Vous aimez la pêche, Fabien?
— Je ne sais pas, je n'ai jamais pêché.
— Pôvre! Alors écoutez, si vous restez encore demain, je vous y emmène, moi, à la pêche. Un petit coin de rêve, au bord d'un étang, tranquille. On passe la journée avec les dames, le pique-nique, et le soir on se fait une bonne friture. Qu'est-ce que vous en dites?
— Qu'est-ce que tu en penses, Martine?
— Pourquoi pas? Vous m'excuserez, mais je vais aller me coucher, j'ai un peu mal à la tête.
— Mais je vous en prie, Martine, vous serez plus en forme demain, bonsoir!

Quand Fabien la rejoignit, elle se limait les ongles, assise dans le lit. Ses cheveux tombaient de chaque côté de son visage.

– Tu ne dors pas ? Ça ne va pas ?

– Si, si. Tu comptes te faire adopter ?

– Pourquoi tu dis ça ? Tu as peur que je t'échappe ?

– Pour aller où ? Non, c'est juste que tu reprends tes habitudes de vieux chausson.

– Qu'est-ce que ça veut dire : « vieux chausson » ? On est bien, c'est calme. Elsa et Ulysse…

– Fous-moi la paix avec ces deux vieux cons ! J'en ai marre de me les coltiner matin, midi et soir.

– Ça te fait chier le bonheur, hein ?

– Mais j'en ai rien à foutre ! Surtout de ce bonheur-là. Qu'est-ce que tu crois, ils en ont pour combien de temps ? Cinq ans, dix ans maximum, à se regarder vieillir, à trembler en attendant qu'un des deux casse sa pipe. Tu parles si ça me fait envie !

– Et nous ? On n'a que des morts entre nous, c'est tout ce qui nous tient l'un à l'autre !

– Tu dis n'importe quoi.

– Pas du tout ! Tu crois me tenir, mais c'est moi qui te tiens. Je n'ai tué personne, moi, on n'est plus dans la chambre, je peux me déplacer !

– Tu n'as plus nulle part où aller. C'est à cause de toi si ton copain est mort, à cause de toi si Madeleine est morte, à cause de toi si ta femme est morte et c'est grâce à moi si tu es en vie. Ce sont les gens comme toi qui sont dangereux, ceux qui lancent une pierre en l'air et qui détournent les yeux pour ne pas voir où elle retombe. Tu n'as plus que moi au monde et tu le sais très bien.

Martine s'endormit peu après. Pour Fabien, la nuit fut longue, très longue.

La bonne humeur d'Ulysse et d'Elsa n'arrivait pas à déteindre sur celle plutôt maussade de Martine et de Fabien. Ils ne s'étaient pas dit un mot depuis leur réveil.

– Ben alors, les petits, c'est pas un temps pour les querelles d'amoureux. Vous allez faire peur aux poissons avec une tête pareille ! Respirez-moi cet air… On se croirait au printemps !

Il était à peine neuf heures, ils avaient fini de déjeuner. Le soleil coulait comme du miel sur les arbres roux, Ulysse, hérissé de cannes à pêche, se tambourinait sur la poitrine et Elsa remplissait un panier de pâtés, saucissons et bouteilles de blanc. Tout cela était beau et aussi inaccessible que la vitrine d'un magasin de luxe pour un SDF. Après ce que lui avait balancé Martine la veille, Fabien ne se sentait plus le droit d'être heureux, à peine celui d'exister et encore, à condition de ne toucher à rien puisque tout pourrissait entre ses mains.

Ils décidèrent de ne prendre qu'une voiture, celle de Martine, plus confortable que la R5 d'Ulysse.

– Vous allez voir, c'est un endroit magnifique et attention, c'est un étang privé ! Personne d'autre que nous ! C'est la propriété d'un copain, un type bourré de fric mais très sympa. Il n'est presque jamais là, en ce moment il est à la Martinique. Je peux y aller quand je veux. Vous prendrez la petite route à droite, Martine, oui, celle-là !

La voiture s'engagea sur un chemin de terre qui menait à un vallon boisé. Fabien avait baissé sa vitre, une odeur de sous-bois baigna la voiture.

– Vous sentez ? Les dames vont pouvoir aller aux champignons. L'année dernière on a rapporté des kilos de cèpes. Voilà, c'est là. Je vais ouvrir la barrière.

Ils se garèrent dans une vaste clairière tapissée d'herbe tendre qui s'étendait en pente douce jusqu'à l'étang bordé de grands arbres. Derrière on devinait le toit d'une maison.

– C'est pas le paradis ici ?

Ça pouvait y ressembler à condition d'y croire. Les deux hommes s'approchèrent du bord de l'eau. Par endroits, les nénuphars formaient comme des écailles entre lesquelles éclataient des bulles. Ulysse chuchota à l'oreille de Fabien :

– Ça va mordre aujourd'hui, je le sens. On va s'installer là où les arbres sont plus espacés, on risquera moins de s'emmêler le fil dans les branches. Je vais vous préparer une ligne.

Les deux femmes s'étaient installées sur des couvertures, en plein soleil. Elles bavardaient en riant. Elsa tricotait quelque chose en laine rouge. Ulysse étala dans l'herbe tout son attirail de fils, d'hameçons, de bouchons. Fabien était fasciné par la boîte d'asticots grouillants, blancs et rouges. Ulysse en saisit un entre le pouce et l'index et le planta sur un hameçon.

– Voilà, Fabien, à vous de jouer. Vous allez sentir le poisson suçoter l'asticot, dès que vous verrez le bouchon s'enfoncer complètement, hop ! un petit coup sec du poignet, c'est tout.

Fabien se retrouva pour la première fois de sa vie avec une canne à pêche entre les mains. Maladroitement il lança le fil à deux mètres du bord et attendit debout, raide comme un piquet. Il se sentait ridicule, comme s'il était déguisé en pêcheur à la ligne. Les reflets du soleil sur l'eau lui faisaient mal aux yeux. C'est à peine s'il distinguait le petit bâtonnet rouge du flotteur. Le silence était fait de cui-cui, de blop, de froufrous d'ailes dans les feuillages. Il eut envie de tout balancer et de partir en courant. Et puis il reçut comme une décharge électrique dans les poignets qui se diffusa de sa tête à ses pieds. Le bouchon avait disparu au milieu d'un rond bien net. Il tira de toutes ses forces, certain d'avoir attrapé un barracuda. Le gardon décrivit une longue courbe dans le ciel avant de retomber dans l'herbe en frétillant.

– Ulysse ! Ulysse ! J'en ai un, qu'est-ce que je fais ?

– Ne criez pas si fort ! Vous le décrochez et vous le mettez dans la nasse.

Le poisson avait des yeux, Fabien n'osait pas le toucher.

– Il ne va pas vous mordre ! Prenez-le et retirez l'hameçon tout doucement.

C'était dégoûtant. Ces cinq centimètres de vie se débattaient dans son poing avec une vigueur déconcertante. Ce fut un véritable carnage pour retirer l'hameçon de la bouche du poisson. Il avait du sang sur la main et une odeur de vase dont il était sûr de ne plus jamais pouvoir se débarrasser.

– Voilà. Maintenant, vous remettez un autre asticot.

Ça n'en finirait donc jamais ? À présent, il fallait qu'il embroche ce ver obscène. « C'est à cause de toi si ton copain est mort, à cause de toi ! Ce sont les gens comme toi qui sont dangereux. » Il remit sa ligne à l'eau mais sans asticot au bout, pour être sûr de ne rien prendre.

Il s'emmerda ferme pendant les deux heures suivantes. Les vaguelettes incandescentes qui ridaient la surface de l'étang lui brûlaient la rétine. Puisqu'il se fichait des poissons, il aurait pu regarder ailleurs, mais il persistait à fixer le bouchon jusqu'à en loucher. Ulysse finit par s'étonner de son manque de chance.

– Ce n'est peut-être pas le bon coin... Je vais appâter, ça les fera venir pendant que nous déjeunerons.

Il jeta une poignée d'une mixture poisseuse qui sentait un peu le pain d'épice, puis ils rejoignirent les femmes.

Ça ne pouvait pas être plus « Déjeuner sur l'herbe », nappe d'une blancheur éblouissante, panier d'osier, terrines, bouteilles encore ruisselantes d'eau de l'étang où on les avait mises à rafraîchir, jusqu'à Martine qui souriait. Ulysse mit gentiment Fabien en boîte et raconta quelques histoires de pêche miraculeuse entrecoupées de : « C'est le paradis ici, le paradis ! » Peut-être était-ce le soleil, peut-être le vin, mais peu à peu, Fabien sentait fondre en lui la glace qui s'était formée durant la nuit. Il se leva pour aller chercher des cigarettes dans la voiture.

Il était à une vingtaine de mètres des autres quand les deux coups de feu retentirent. Martine était assise sur ses talons, le menton reposant sur ses genoux, un bras tendu au bout duquel se balançait le revolver. Ulysse et Elsa étaient couchés, l'un sur le dos, bras en croix, l'autre sur le côté, en chien de fusil. Plus rien ne bougeait, la nature elle-même semblait retenir son souffle. On se serait cru dans une photo. Un avion passa haut dans le ciel, laissant derrière lui une traînée blanche et, comme attendant ce signal, un à un les oiseaux se remirent à chanter, les poissons à sauter hors de l'eau et le vent à ébouriffer les feuillages. À mesure que Fabien se rapprochait du lieu du pique-nique, il se répétait de plus en plus fort : « Je n'y crois pas, je n'y crois pas… » Pourtant Ulysse était on ne peut plus mort, une serviette autour du cou, la bouche encore pleine de nourriture et Elsa tout autant, la joue écrasée sur une tranche de pâté.

– Mais pourquoi ? Pourquoi ?
– C'est le paradis ici.
Martine lui lança le revolver.
– Tiens, il reste une balle.

Fabien ramassa l'arme encore chaude et la braqua sur Martine.

– T'es folle, complètement folle !

Elle le regardait, impassible, en se balançant tout doucement d'avant en arrière.

– Non… Non, Martine, je ne marche pas, va te faire foutre.

De toutes ses forces il lança le revolver au milieu de l'étang.

– Maintenant je me casse, je disparais, tu n'existes plus.

Elle ne répondit pas, ne fit pas un mouvement. Fabien tourna les talons et s'éloigna en traînant la jambe.

Arrivé à la barrière, juste avant de pénétrer dans le sous-bois, il se retourna. Elle n'avait pas bougé mais son regard ne le quittait pas, ne le quitterait sans doute plus jamais.

Le bord de la route était jonché de papiers gras, de boîtes de bière défoncées, de paquets de cigarettes froissés, de peaux de banane. Beaucoup de peaux de banane. C'était invraisemblable ce que les automobilistes pouvaient en consommer. Normal : pratique, pas cher, pas de noyau. Au bout de deux kilomètres, il avait dû s'arrêter, sa jambe lui faisait trop mal. Jusqu'à présent, les voitures avaient ignoré son pouce tendu mais une camionnette bleue freina de loin et stoppa à sa hauteur. C'était un dépanneur, un type qui dépannait tout, les chauffe-eau, les compteurs électriques, les moteurs, et les auto-stoppeurs.

– C'est pas un métier, vous savez, c'est un don, depuis que je suis tout petit, faut que je sache comment « ça » marche.

C'est vrai qu'il avait l'air d'un ange, dodu, bouclé, rose. Incroyable ce qu'il avait comme monde à dépanner, des clients dans tout le département, samedi, dimanche et fêtes !

– On dira ce qu'on voudra, mais quand on n'est pas feignant, du boulot on en trouve.

Il déposa Fabien devant la gare de Troyes en lui laissant sa carte : « Gilbert Bedel, électricité, plomberie, travaux en tous genres, jardinage. » Au cas où.

Il n'avait qu'un quart d'heure à attendre avant le prochain train pour Paris. Il alla se planquer dans un coin, tout au bout du quai au cas où Martine le chercherait. Elle devait bien se douter qu'il allait prendre un train. Il avait beau porter des vêtements neufs, il se sentait comme le dernier des clodos, traqué par son ombre. Suivez-la, elle vous fuit ; fuyez-la, elle vous suit. Mais Martine n'apparut pas. Le train était presque vide. Il s'endormit comme une enclume et ne se réveilla qu'à Paris.

C'est là qu'il se rendit compte qu'il n'avait nulle part où aller, nulle part où ranger ses quarante-cinq balais, tous les placards qu'il connaissait étaient bourrés de cadavres.

— Charlotte, s'il te plaît…

Il prit le métro jusqu'à Saint-Lazare et, de là, un train pour la Normandie. Ça n'en finissait pas ces rails au bout d'autres rails, ce vacarme de ferraille dans les oreilles et ces lumières qui griffaient la nuit. Il faillit rater sa station tellement il était abruti, tellement tout se ressemblait. La gare était déserte, mais il restait un café ouvert sur la place. Il commanda un demi et demanda où était le téléphone. La cabine sentait le vieux chien, la Gauloise et le Ricard. C'était long. Tandis que la sonnerie répétait inlassablement son appel, Fabien tentait de déchiffrer un graffiti où il était question d'une Monique, d'Arabes et d'Hitler.

– Allô ! Allô, papa, c'est moi, je suis à la gare, viens me chercher… Pas maintenant, viens me chercher tout de suite.

La comtoise sonnait la demie de minuit. Fernand Delorme regardait son fils pleurer depuis près d'une heure, sans interruption, comme un barrage qui cède. Il n'avait pas pu en tirer un mot, la moindre explication, juste un flot ininterrompu de larmes. Aucun de ses bouquins de survie ne l'avait préparé à une telle situation. Il tournait sur lui-même, les bras ballants, en pyjama, une canadienne sur les épaules. Le café qu'il avait préparé refroidissait dans les bols. Parfois sa main hésitait au-dessus de l'épaule de son fils mais il la laissait retomber, comme s'il risquait de se brûler. Il y avait certainement un mot à dire, le même qui aurait pu retenir Charlotte, qui aurait pu faire de sa vie autre chose qu'une survie, mais il ne l'avait jamais appris. Jusqu'à présent il avait comblé cette carence par un digne silence, mais ce soir, il lui manquait cruellement ce mot, il se sentait illettré du cœur. Mais merde ! il était trop vieux pour se mettre à disséquer le vieux pruneau qui battait si faiblement dans sa poitrine.

– Je vais te faire ton lit.

On n'aurait pas pu dire qui du canapé-lit ou du vieux grinçait le plus. C'était une horreur de dormir là-dessus. Le matelas de mousse était très mince, les barres métalliques du sommier vous rentraient dans le dos. Fabien s'effaça le visage d'un revers de manche et rejeta sa tête en arrière en écarquillant les

145

yeux, la bouche grande ouverte pour se retendre la peau. La suspension au-dessus de la table le bombarda de ses soixante-quinze watts.

– Allez, viens te coucher, on parlera de tout ça demain.

Fabien s'était couché. Au moment de sortir, son père se retourna :

– Je te laisse la lumière ou j'éteins ?

– Tu peux éteindre.

C'étaient des mots comme ça qu'il fallait dire à son fils, demain il ne lui poserait aucune question.

– Cette année, ce sont les tomates qui ont le plus rendu. Je ne savais plus quoi en faire. J'en ai donné plein. J'en ferai moins l'année prochaine.

Le vieux éloignait une limace du bout de sa canne, froissait des feuilles sèches dans sa main, écrasait une motte de terre d'un coup de botte.

– Tu veux qu'on rentre ? T'as froid ?

– Mais si, la fille à Raymond, Jacqueline, celle qui s'est mariée avec un plongeur. Tu vois pas qui je veux dire ?

Fabien allumait une autre cigarette, soulevait le rideau de la fenêtre et soufflait la fumée sur la vitre.

– Bof, ça n'a pas beaucoup d'importance. Le père rajustait ses lunettes et reprenait sa lecture.

– Regarde-moi ça, ils parlent depuis une heure et ils n'ont rien dit ! Tiens, je préfère regarder le film, même si c'est une bêtise. Pas toi ?

Les aventures du Dr Queen succédaient au débat sur la Sécurité sociale sans qu'on pût y déceler la moindre interruption.

– Je ne te l'avais jamais raconté ? Eh oui, c'est moi qui ai sauvé cette fille de la noyade. Tu peux pas te souvenir, t'étais trop petit. Je me demande même si Charlotte n'était pas encore enceinte… Non, c'est l'autre, la poubelle de compost !

La terre sentait le chou et le feu de bois.

Il en fut ainsi pendant deux jours, le père envoyait des balles à son fils qui ne les attrapait pas, ou bien elles rebondissaient sur lui comme sur un mur. Et puis le téléphone sonna. Fabien épluchait une salade, c'est son père qui répondit.

– Allô ? Bonsoir, Laure, oui, un moment. (Il posa la main sur le combiné.) C'est Laure… elle veut te parler.

– Je ne suis pas là.

– Ça fait trois fois qu'elle téléphone… Je ne t'avais rien dit. Elle sait que tu es là.

Fabien s'essuya les mains et prit l'appareil.

– Allô, Laure…

– Fabien ! Ben dis donc, c'est pas trop tôt ! Ça va ?

– Oui, comme ça.

– Dis donc, tu as vu Gilles ?

Son estomac se noua. C'était oui ou non, pile ou face.

– Non.

– Comment ça, non ? Il m'a emprunté ma bagnole pour aller te retrouver, quelque part en Bourgogne… Tu ne l'as pas vu ?

– Non. Je n'étais pas en Bourgogne.

– Merde alors ! Je ne comprends plus rien… Ça fait plus d'une semaine qu'il est parti, je n'ai aucune nouvelle. J'ai cru que vous étiez partis faire une virée. J'étais dans une rage noire mais maintenant je suis inquiète… Où tu étais, toi ?

– Dans les Alpes. Je me suis cassé la jambe.

– Du ski, en cette saison ?

– Non, j'ai glissé, c'est rien.

– Ah bon. Qu'est-ce que tu crois qu'il faut faire ?

– À quel sujet ?

– Ben pour retrouver ma bagnole, pour retrouver Gilles ! T'es complètement dans le potage ou quoi ? Ça fait huit jours qu'il a disparu, c'est pas normal. Fanchon est dans tous ses états, ça recommençait à marcher entre eux. Non, moi je vais prévenir les flics ! C'était où exactement ton truc en Bourgogne ?

– Mais je n'y ai jamais mis les pieds en Bourgogne, je ne sais même pas de quoi tu parles !

– Alors pourquoi il m'en aurait parlé ? C'est pas clair tout ça. Je préviens les flics.

– Attends un peu, il va peut-être donner de ses nouvelles.

– Non, s'il avait des nouvelles à donner, ce serait déjà fait. Je veux bien que Gilles soit tête en l'air, mais pas pour ce genre de choses, pas si longtemps.

Je vais te quitter, je te tiens au courant. Tu reviens quand à Paris ?

– Je ne sais pas.

– Salut, Fabien, à bientôt.

Ce « bientôt » sonnait comme une menace.

– Tu as été dans les Alpes ? Pourquoi que tu n'as pas de plâtre à ta jambe ?

– C'est pas vraiment cassé... et puis merde ! Arrête avec tes questions ! Tu ne vas pas t'y mettre, toi aussi !

– Ça va, ça va. Je ne te demande rien. Excuse-moi, mais je te vois si mal... Pourquoi tu ne me dis rien ?

– Parce que tu ne m'as jamais rien dit ! Parce que Charlotte ne m'a jamais rien dit ! Parce que Sylvie ne m'a jamais rien dit ! Parce qu'on ne se dit jamais rien !

Le vieil homme laissa tomber la vinaigrette qu'il était en train de tourner.

– J'ai fait ce que j'ai pu, Fabien, ça a pas été facile tous les jours. Je voudrais juste t'aider.

– Tu ne peux pas, personne ne peut.

– C'est si grave que ça ?

– Oui.

– Mon pauvre petit, mon pauvre petit.

Le lendemain il reçut un autre appel de Laure qui lui annonça qu'elle avait prévenu les flics et que probablement il aurait leur visite. Elle avait hâte qu'il revienne, Fanchon perdait les pédales, c'était dans des moments comme ça qu'entre copains il fallait se serrer les coudes. Il eut envie de vomir en raccrochant.

Vingt-quatre heures s'écoulèrent durant lesquelles il ne pensa qu'à se réchauffer. Il ne bougea pas du coin de la cuisinière, une couverture sur les épaules. Son père ne lui posait plus de questions, il restait auprès de lui comme un vieux chien fidèle dressant l'oreille au moindre bruit. Comme ça jusqu'à ce que la camionnette de gendarmerie se gare devant la maison.

Il ne tint pas plus de vingt minutes avec son histoire d'Alpes et de jambe cassée. Il ne se souvenait plus dans quelle ville ni dans quel hôtel il était descendu, pas plus que du docteur qui l'avait soigné. Les deux gendarmes qui n'étaient venus que pour un simple témoignage n'en revenaient pas. On aurait dit que ce type faisait tout pour se rendre suspect. Son père, qui assistait à l'interrogatoire, en avait mal pour lui. Alors Fabien s'étala, se répandit sur la toile cirée de la table, Martine, Madeleine, Gilles, Elsa et Ulysse, tout ça en vrac, dans le désordre, comme ça lui venait, sans oublier Sylvie et Martial. Les gendarmes n'arrivaient pas à suivre. À chaque nouvelle information, son père se recroquevillait dans son fauteuil, accroché des deux mains aux accoudoirs, à bout de souffle. Voilà, Fabien avait tout dit, ils pouvaient faire de lui ce qu'ils voulaient, ça ne le concernait plus. Les gendarmes l'invitèrent à les suivre. L'un deux demanda au père si l'on pouvait faire quelque chose pour lui. Il fit non de la tête en s'extirpant de son siège et en embrassant son fils.

— T'as rien fait, mon petit, je suis là.

Fabien lui demanda de lui prêter sa canadienne, il n'avait rien de chaud. Le gendarme qui conduisait laissa échapper en démarrant :

– Ben merde alors !

Dans la maison de Madeleine, on découvrit les deux cadavres dans le congélo ainsi que Martine, très affaiblie, allongée sur le lit dans la chambre du haut. Elle ne s'alimentait plus depuis plusieurs jours. Elle et Fabien furent confrontés quelque temps plus tard dans un bureau du palais de justice qui sentait le tabac à pipe et la naphtaline. Martine confirma sans sourciller tout ce que Fabien avait raconté, se bornant à répondre par «oui, non ou je ne sais pas» au juge d'instruction qui ressemblait un peu à Fernandel. Dans son dos, deux pigeons se profilaient en ombres chinoises derrière le rideau jauni. On les entendait roucouler pendant les moments de silence. Fabien ne réussit à croiser le regard de Martine qu'une seule fois mais il ne put rien y lire qu'un total détachement qu'il envia désespérément tandis que son avocat le décrivait comme une victime, faible, sans volonté, soumis et terrorisé par ce monstre dépourvu de la moindre émotion qui avait tué de sang-froid par quatre fois après avoir été complice du meurtre de son mari et de la femme de son client... Fabien eut envie de se lever, de s'accuser d'un meurtre, n'importe lequel, non pas pour soulager Martine mais parce qu'il ne supportait pas le rôle pitoyable qu'on lui attribuait.

Bien entendu il n'en fit rien puisque ce rôle était le sien.

L'Année sabbatique
P.O.L., 1986

Surclassement
P.O.L., 1987

La Solution Esquimau
Fleuve Noir, 1996
Zulma, 2006

La Barrière
Folies d'encre, 1989

Les Insulaires
Fleuve Noir, 1998
Zulma, 2010

Trop près du bord
Fleuve Noir, 1999
Zulma, 2010

L'A26
Zulma, 1999, 2009

Chambre 12
Flammarion, 2000

Nul n'est à l'abri du succès
Zulma, 2001, 2012

Les Nuisibles
Flammarion, 2002

Vue imprenable sur l'autre
Zulma, 2002

Les Hauts du Bas
Zulma, 2003
et « Le Livre de poche », n° 31206

Parenthèse
Plon, 2004

Flux
Zulma, 2005

Comment va la douleur?
Zulma, 2006
et « Le Livre de poche », n° 30929

La Théorie du panda
Zulma, 2008
et « Points Roman noir », n° P2743

Lune captive dans un œil mort
Zulma, 2009
et « Points Roman noir », n° P2631

Le Grand Loin
Zulma, 2010

Cartons
Zulma, 2012

Lune captive dans un œil mort
Pascal Garnier

Les Conviviales, une résidence de luxe pour seniors, promet cadre paradisiaque, confort et sécurité. Le lieu parfait pour Martial et Odette qui rêvent de couler des jours paisibles et ensoleillés. Oui, mais... En réalité, aux Conviviales, il pleut toute la journée, on tue des chats à coups de pelle, les voisins sont sérieusement névrosés et les balles fusent... La retraite dorée tourne au cauchemar.

« C'est tendre, à rebrousse-poil.
Frissonnant. Méchant d'humanité. »

Le Monde des livres

« Pascal Garnier nous plonge dans
une sorte de Desperate Housewives
chez les seniors. »

Le Nouvel Observateur

Ils sont votre épouvante
et vous êtes leur crainte
Thierry Jonquet

Septembre 2005, Anna Doblinsky rejoint son premier poste en collège à Certigny, dans le 9-3. Zone industrielle, HLM, trafics et bagarres entre bandes rivales, influence grandissante des salafistes, voilà pour le décor. Seul Lakdar Abdane, jeune beur très doué, sort du lot. Pourtant, une erreur médicale va bouleverser sa destinée…

« *Thierry Jonquet est un chroniqueur des temps modernes, qui capte, analyse, dénonce, en vrac, la maltraitance, la misère, l'abêtissement. Un livre qui cogne.* »

Télérama

Cotton Point
Pete Dexter

Paris Trout accepte de prêter aux nègres... à
condition qu'ils le remboursent. N'obéissant
qu'à sa propre loi, il assassine de sang-froid
une jeune femme noire pour une affaire de
créance oubliée. Ainsi vont les affaires dans
cette petite ville du Midwest au milieu des
années cinquante. À moins qu'enfin les men-
talités ne changent et que l'on se décide à
punir ce criminel trop arrogant...

National Book Award

« *Pete Dexter construit son récit*
à coups de scènes inouïes
et se révèle au final tendre
et mélancolique. »

Télérama

Le cadavre dans la voiture rouge
Ólafur Haukur Símonarson

Divorcé, chômeur, Jonas accepte un poste d'instituteur dans un petit port perdu au nord de l'Islande. Il espère y mener une vie paisible, loin des hommes, mais la réalité s'avère un peu plus lugubre. Sourires hypocrites, intimidations, menaces, tentatives de meurtre... Dans le brouillard islandais, ce lieu supposé être un havre de paix ressemble furieusement à un traquenard!

Prix de littérature nordique des Boréales de Normandie

« Ólafur Haukur Símonarson a implanté dans le fascinant paysage d'Islande un polar qui a su puiser aux meilleures sources des auteurs américains. »

Télérama

Julius Winsome
Gerard Donovan

Julius Winsome vit seul avec son chien, Hobbes, au fin fond du Maine le plus sauvage. Éduqué dans le refus de la violence et l'amour des mots, ce doux quinquagénaire ne chasse pas, contrairement aux hommes virils de la région. Il se contente de chérir les milliers de livres qui tapissent son chalet. La vision de Hobbes ensanglanté et mourant le changera en tueur fou...

« La folie, la violence, la vengeance, la frontière entre civilisation et barbarie au cœur d'une très belle fiction, tout ensemble poétique et allégorique. »

Télérama

« Magnifique, tendu, envoûtant. »

Lire

Pimp
Iceberg Slim

Robert Beck, jeune vaurien de Milwaukee, n'a qu'un rêve : devenir le plus grand mac des États-Unis. De 1940 à 1960, il devient Iceberg Slim, patron d'un harem et maître du pavé de Chicago. Impitoyable et accro à la cocaïne, il est toujours à la recherche d'une proie à envoyer sur le trottoir. Plein de sueur, de sexe et de violence, ce document unique sur les bas-fonds de l'Amérique est un livre culte.

« Un livre effrayant et prodigieux considéré comme un classique. »
                              Le Nouvel Observateur

Dope
Sara Gran

Josephine devrait être morte. D'une overdose, ou d'une balle. Pourtant elle tente de refaire sa vie. Un couple fortuné lui propose de rechercher leur fille, Nadine, disparue après avoir sombré dans la drogue. Elle relève le défi. La voici donc de retour dans les bars de nuit des bas-fonds de Manhattan, parmi les junkies, les dealers, les prostituées et les fantômes de son propre passé.

« Un noir parfait. »
George Pelecanos

« Si Raymond Chandler vivait aujourd'hui, il n'aurait pas fait mieux. »
Lee Child

RÉALISATION : IGS-CP À L'ISLE-D'ESPAGNAC
IMPRESSION : CPI BRODARD ET TAUPIN À LA FLÈCHE
DÉPÔT LÉGAL : JANVIER 2013. N° 109087 (70591)
IMPRIMÉ EN FRANCE